全民微阅读系列

流水的营盘

程多宝　著

江西高校出版社

图书在版编目(CIP)数据

流水的营盘/程多宝著. —南昌:江西高校出版社,2020.8

(全民微阅读系列)
ISBN 978-7-5493-9100-4

Ⅰ.①流… Ⅱ.①程… Ⅲ.①小小说—小说集—中国—当代 Ⅳ.①I247.82

中国版本图书馆 CIP 数据核字(2019)第 218154 号

出版发行	江西高校出版社
社　　址	江西省南昌市洪都北大道96号
总编室电话	(0791)88504319
销售电话	(0791)88522516
网　　址	www.juacp.com
印　　刷	三河市嵩川印刷有限公司
经　　销	全国新华书店
开　　本	700mm×1000mm　1/16
印　　张	14
字　　数	180千字
版　　次	2020年8月第1版 2020年8月第1次印刷
书　　号	ISBN 978-7-5493-9100-4
定　　价	49.80元

赣版权登字-07-2019-847
版权所有　侵权必究

图书若有印装问题,请随时向本社印制部(0791-88513257)退换

目录 / CONTENTS

第一辑　沙场秋点兵

报仇　/002

第一次握手　/006

追捕　/008

观棋就语　/010

科尔沁"猎豹"　/012

心芬，我的心芬　/015

吹不响的哨子　/018

间隔40分钟的电话　/021

代号"736"　/025

驼爷的心思　/027

出息　/029

实话实说　/031

跟踪追击　/035

第二辑　落日孤城闭

黑夜给了我黑色的眼睛　/039

班务会　/042

营长老何讲的一个故事　/046

挑兵记　/049

歌手　/051

风铃　/052

站长"小白"　/054

便衣"检查"　/055

上铺·下铺　/058

象棋的故事　　/059

风　/061

卫生　/062

鱼，我所欲也　　/064

比试　/065

点子　/066

阿满其人　　/067

债　/070

环境　/071

"物理学家"　　/072

戒烟的故事　　/074

关于伙房维修问题　　/075

通信员牛牛　　/076

小胡这个兵　　/078

种瓜得豆　　/080

中士大黄　　/082

列兵阿管　　/084

第三辑　钢铁也温柔

雁儿　/088

我是一片云　　/091

女兵小霞　　/093

辫子　/095

月儿　/098

流水的营盘　　/099

特别任务　　/104

菱花嫂子　　/107

爱情故事　　/111

其实　/114

爱情碗　　/117

非常遭遇　　/120

桃花雪　　/123

爱情总动员　　/126

叫你声姐　　/130

叶子　/133

嫂子来队　　/134

认识　/135

秋夜　/137

第四辑　千骑卷平冈

楼上的女孩　　/142

生命如歌　　/143

问路　/145

寻找　/148

镜子　/150

灿烂阳光　　/153

旗手　/156

抓"活鱼"　　/158

春雪　/161

微笑　/164

青青河畔草　/166

传统　/168

第五辑　夜深千帐灯

夏天与冬天的区别　/172

七子　/175

金菊　/177

哑巴李　/180

棋王小马　/183

大梅二梅　/185

干净　/188

送你一缕春光　/191

德平　/193

老胡　/196

昌来　/198

玉莲　/199

白春　/202

吉柄　/204

红裙子　/207

宗发　/209

扶正记　/211

醉人的笑容你有没有　/214

毛子伯伯　/216

第一辑　沙场秋点兵

点评:黄献国(解放军艺术学院文学系原主任)
作品:《对一个岗位的深切怀念》——首发《军营文化天地》2000年7期。

　　复员离队的那一天,再坚强的汉子也会落泪。

　　艰苦、寂寞的军旅生活,是锻造强者的熔炉,也是培育军旅情感的课堂。经历过连队生活磨砺的人,大约都有过希望逃离,而一旦逃离又会深深怀恋的心灵体验。程多宝的小说所提示的,就是这样一份军旅文化情结。

　　文章朴实无华,于细微的日常琐事中,挖掘"粮草官"可贵的职业精神、细腻的军旅情怀、复杂的心灵感觉,读来真实而又动人。

报　　仇

　　此仇不报非君子,再过几天老兵们要是一退伍,还不窝心一辈子?

　　一大帮老兵于是找到营长:此仇此恨,不共戴天,哪有不报之理?只是得想个绝活治治他们,免得旧仇未报又添新伤痕,不让人家笑掉大牙?

　　这份"营冤连仇",是和防化营结下的,天长日久下来,都成"世代家仇"了。

　　为的就是两家为拉歌的事。集团军直属队自组建始起,电子对抗营就和防化营"耗"上劲了。这也难怪,平日里在大院里两家专业各异,真要是到了比武场上,就好像"关公战秦琼"似的实在没法"华山论剑"。只是公开场合里的拉歌,可是个"共同课目",这课目简明扼要,两家人马齐了,也不要什么开场,一上来拧上劲,就是外行也能分个输赢胜负。况且这活也的确来事,一旦干将起来,气势恢宏人仰马翻的比拼了一场刺刀还要过瘾三分,要是哪一次把对手压趴了一回,记忆里真是一辈子的"赫赫战功",三年五载也品咂不完。

　　相比之下,防化营的那个指挥要"职业"多了,那人人高马大,水塔一样的身子往台上一戳,小誉"军中刘欢",天生有一种霸气。这份霸气可不是一天两日悟出来的,那家伙,"冰冻三尺非一日之寒"。营长当晚就把全营闷在屋子里"临阵磨枪"。等到那份蓄谋已久的拉歌词操练完毕,兵群再次炸裂,掩上门来,练得劲起索性不想停了。

熬过一夜,这边进场还没坐稳,防化营就先发制人。一首《说打就打》如集束手榴弹兜头砸了过来,"夜猫子进宅,来者不善"。仇人相见,分外眼红,又是那个上尉"刘欢"。随着他那得意忘形的手势,防化营的兵们早已迫不及待地吼开了:"对抗营是老大哥/鼓掌欢迎唱支歌/进了会场要唱歌/怎么今天趴了窝……革命歌曲大家唱/你们不唱我们唱/革命歌曲大家唱/我们唱了该谁唱/对抗营/来一个/来一个/对抗营/一二三/快快快/快快快/一二三/呱唧呱唧/鼓掌……"

掌声随着"刘欢"手势如暴风骤雨般劈面撞来。好家伙,将近一比三的兵力对峙,"御敌于国门之外"肯定是不行的,不如高挂免战牌,"避实就虚",晾他一阵再说。

"刘欢"表情更为张扬,又掀起了一首《咱当兵的人》。这是他们的一贯做法,所谓"引蛇出洞",其实说白了就是依仗人海战术搞集团作战,以强凌弱,大有黑云压城之势。倘若此时你热血偾张用歌子迎战,他马上就换歌子,牵着你的鼻子走,让你肥的拖瘦,瘦的拖死,一时间整个礼堂里绝对都是人家"永远领先一步"的歌声,而你只能一个劲地擦着他的屁股。此招他们油得可滑了。对抗营里有了一丝躁动,营长连忙使眼色镇住。果然,不肯罢休的"刘欢"又挑拨过来一阵狂潮:"我们唱歌有特点/有种上来提意见/咱们向来有优势/有种上来比一比/我们唱了一身汗/你们不要坐着看/一二三,三二一/一二三四五六七/一二三四五/我们等得好辛苦/二三四五六/我们等得好难受/三四五六七/我们等得好着急……"

一时礼堂人头攒动,其他单位的也纷纷探过头来,窃窃私语声和嘲笑起哄声充盈着士兵的耳鼓。兵们更是火了。一个个眼眶里火星子直迸迸的,恨不得上去撕了人家。营长一看,快到火候了,要是再压一压,士气会更高涨些。于是他连忙给了一个手势:再熬一会,等他们二鼓再衰三鼓而竭,瞅个空,彼竭我盈时,砍他几刀!要准要狠,给我刀刀带血!

"刘欢"更是有恃无恐,竟然向对抗营发动了又一轮次的挑衅,一时拉歌词也有失斯文起来:教你唱/你不唱/羞羞答答不像样/叫你唱/你就唱/扭扭捏捏大姑娘/大——姑——娘/冬瓜皮/西瓜皮/对抗营不唱耍赖皮/南瓜皮/白瓜皮/对抗营是个大泼皮/大——泼——皮……

是可忍孰不可忍,不是不报,时候未到,是我们报仇的时候了。营长果断地做了个砍瓜切菜的手势。"大刀向鬼子们的头上砍去!"一时我们的歌声乍起,所有的胸脯都是一抖一抖的。只是没想到我们势单力薄的声音,像一群小鸟刚一张开翅膀,就遭来他们倾盆大雨似的还击。

营长的第二个手势,引导着我们展开了新的一轮反攻:防化营唱歌很努力/我们听得入了迷/欢迎他们继续唱/我们虚心来学习/防化营唱得好是好/可惜调子有点老/优美动听声音小/重唱一个要不要/部队新歌多又多/欢迎他们唱新歌/只要能把新歌唱/唱得不好也原谅……

就这么几嗓子,防化营那边乱了阵脚。这等火候千载难逢啊!于是营长启一句,大伙儿跟一句,炸雷般地投掷过去:防化营唱得好不好/好——/再来一个要不要/要——/唱支什么歌/《防化兵之歌》/唱支什——么——歌/防——化——兵——之——歌……

这才是我们克敌制胜的"绝活"呢。掌声四起之际,那边立

马散了架子,哈,你们也有今天啊。这下好了,没戏了,歇菜了。原先他们是有《防化兵之歌》的,只因他们的老教导员转业,再加上几年下来兵如流水般转了几茬,他们这首"营歌"没有传下来。片刻工夫,防化营阵脚大乱,上尉"刘欢"隐在兵阵之中再也不敢露头。我们拉歌的声调又换了一种柔柔的调子:防化营——那么/嗬嗨/唱起来——那么/嗬嗨/《防化兵之歌》——/稀哩哩哩/唰啦啦啦/嗦罗罗罗嘿/唱起来——那么/嗬嗨/嗬嗨!嗬嗨!!嗬嗨!!!

我们的怒潮如惊涛拍岸卷起千堆雪一般,一波一波地朝"仇人"撞将过去。那种被压抑过久的"血海深仇",早已化为酣畅淋漓的滚滚吼声在"敌人"的头顶上狂轰滥炸着,似乎要掀下倾盆的大雨。该我们宝剑出鞘扬眉吐气了。尽管上尉"毛宁"复又站出,声嘶力竭地大喊"放气",可也没见士兵响应如此"下招",当兵的都在一个院里早不见晚见的,也怕丢人呢。

一二三四五/你们是个纸老虎/一二三四五六七/我们乘胜又追击……该我们"以其人之道还治其人之身"了,没想到也有"揭竿而起"的兄弟单位自发加入了我们的"统一战线"。谁让他防化营平日里仗着人多势众"飞扬跋扈"呢。营长见机,起了个头,我们的《电子对抗兵之歌》在千呼万唤之中隆重登场了:星海里闪耀着警惕的眼睛/电波里凝聚着战士的忠诚/谁在宇宙搏击挥长缨/是我神奇的电子对抗兵……陆海空间任我驰骋/制敌盲聋扰敌神经/无形战线奉献青春/筑起万里电磁长城……

那边早已蔫了,竟有"投诚起义"的也击掌融入我们的行列。有人还想用《大刀进行曲》砍上一通,却被营长止住了。不是吗?"军子"报仇,十年不晚,到了这份上,大家心知肚明,再计较下去,都是自家兄弟难免伤了和气,此举只为切磋,点到为止就行。

今天之所以用了此招,乃是迫不得已,既然小有斩获,不如就此收兵下次再战。凡用兵之法,"全国为上,破国次之"。顾照新起身,竟自个儿指挥起那首《战友之歌》来:战友战友亲如兄弟/革命把我们召唤在一起/你来自边疆,他来自内地/我们都是人民的子弟……

渐渐地,其他分队跟着我们的节拍唱了起来,我们的对手也唱起来,礼堂里所有的人都融入了我们的歌唱,热泪盈眶的将军和老兵们唱得更为投入。所有的胸脯都一抖一耸的,任心中的激情汹涌而出。歌声如流不出去的潮水汪洋恣肆着:战友战友/为祖国的荣誉/为人民的利益/我们要并肩战斗夺取胜利/夺取胜利……

第一次握手

列兵管杰长得纤瘦,估计刚刚达到了征兵要求的身高,他就急匆匆地报名应征了。还有一个,也可能是想着到了部队在长身子骨。没承想军粮吃了不少就是不见长,身子骨弱小腰杆子还细细的,干不来重体力活。

没办法,新兵一下连,就被指导员挑去当了通信员。有时下到班排来,看到有兵们在掰手腕之类的较劲力气活,连忙躲得远远的;有时,管杰心里的英雄血性也冒上来几回,可就是没有兵们想与他过招,生怕胜之不武,染上个"少儿不宜"什么的。

倒是指导员暗示过几回,然而管杰心里有私:等到自己的力气练足了,再去握指导员的那双大手。倒不是指导员的手关节粗大、掌宽背厚,而是管杰一心想尝试一下,毕竟,那可是一双男人的大手。

生出这样的念头,让管杰热血偾张,可一旦有了机会可以具体实施之时,管杰还是没了勇气,心里盘算着:等到年终总结时,自己要是得了奖什么的上台领奖,那样的第一次握手,才是最值得回味的。

连队奉命出发赴皖南某县抗洪抢险的命令下达得极为突然,那是一个子夜时分,管杰分在保障联络组,忙活起来也难见指导员的影子。指导员带的是尖刀突击排,队员个个都是人高马大、虎背熊腰,哪里有险情就往哪里扑腾,一个个像不知道生死似的。

顶撑了几天,汛情缓解了一些,突击排靠堤而卧枕戈待旦,指导员赶回连部召集大家说说情况,管杰见到他那双大手时已是面目全非,裂满了口子不说,让人禁不住想按摁住了好好地包扎一下。两人见面,礼毕之余,管杰刚想去握上一握,没承想一声哨响,指导员又一头钻进了雨幕。

第7号洪峰来得有点让人猝不及防。管杰随预备队赶去驰援时,堤上已被洪水咬噬开了一道十余米长的口子,浊浪滔天的洪峰咆哮着鱼贯而入,装满土的大麻袋还有一人多长的石头什么的统统奔腾着填将下去也无济于事。形势岌岌可危,就在这千钧一发之际,一个嘶哑的声音炸雷般滚了过来:共产党员们,共青团员们,人在阵地在,向我看齐!跟我下去搭人墙堵口子,誓与大堤共存亡……同志们,冲啊!

这回,真的听清楚了,是指导员。

说时迟,那时快,但见一个个身着迷彩服的影子从天而降,如同精卫填海般翻翻落下,很快扭牢成一道绿网,麻袋与石块就势

蜂拥而落。一个浪头劈来,把单薄的管杰打了一个趔趄,刚要滑没的当儿,自己的手猛地被另一只手掌给紧紧地握住了。浪大水急的,管杰眼睛一时睁不开,看不清楚身旁的这个救命恩人到底是谁。

管杰只觉得这人的一只大手特别有力,许久过去,自己的那只手还被他握得紧紧的,不时还隐隐作痛……

追　　捕

出乱子了,破天荒的大乱子。若是今晚不把寇慧和陈海燕这两个丫头片子找回来,这日子是没法子过安稳了。

那一旋,技侦队少校队长老孙可是急坏了,谁又能想到,就是为了实施这个"代号'雪狼追捕'"的行动计划,把这两个女兵给丢进了大山洼子里,这都快子夜了,可咋办呢?

部队里逢年过节都要搞战备教育,上级也要求像技侦队这样的业务单位拉出去摔打摔打。老孙想起来,在下午的战备形势教育会上,两个女兵脸上的神情就与别人不一样,脸颊油油的亮亮的。也难怪,头一年兵,肩上只有一道细杠儿,兵蛋子,闻风就是雨。前一阵子,队里教军体拳,俩丫头私下还加班加点练得蛮像回事。今儿个熄灯前,老孙注意到她两个叽叽喳喳地议论着什么,后来,当异常急促的紧急集合的号音乍然响起之时,她两个就是最先到位的。

为此,老孙为自己苦心孤诣的这个行动计划基本上达到了目的而欣慰。要知道,这两个丫头,平日里在炊事班帮厨时,就是杀一只小公鸡,半天里哆嗦着也不敢动刀子……

于是,老孙在下达那个行动命令时显得格外的精神抖擞,三五句话如金属块般铿锵有力地砸向天空。旋即,几十个兵踏破夜色悄然出营,每人都是沉沉的一身披挂,依稀一副拉出去就要捕它几天不回的架势。队伍潜进黑黢黢的九里山,曲曲折折地钻了一通,归营清点讲评时,才发觉有了这等让人头痛的事。

立马去找,人马分成几拨复又砸进山里。深冬的夜晚,一弯牙月冷得缩进了云层,只丢下很稀的几粒星。过会儿再望,仿佛那星儿也被冻住了,如冰碴碴般挂在树梢之上。一阵风过,"冰碴"融尽,天漆黑无比,手电光如截白棍,总也捅不了多远。人又不便大呼小叫,不然让领导们知道了那还了得?若是天明时分还没戏,到时候只好实话实说了。

老孙把来来往往的过程在脑子里放了一遍电影。还是没有组织好啊,上头的意思是想营造出一种逼真的氛围,所以老孙当时就下达了这个"十万火急"的追捕令:有一个代号"雪狼"的家伙,潜入了驻地。根据情报,眼下这小子钻进了九里山,上级指示我们务必将其缉拿归案……其实,哪来的什么"雪狼"?紧急集合嘛,总得出点像模像样的情况呀。

这下糟了,没追捕成功倒成了寻找女兵了。那两个大活人怎么说丢就丢了。各拨人马把这大山梳了一遍也没有着落。忽地,老孙想起来,说有了,去山北角,那儿有个山洞……

两人还真在那儿。手电光之下的两个女兵正哆嗦地靠在背包上如同筛糠。一行人回营,问了好久,才问出来一些眉目。原来,主意是寇慧出的。晚饭后,她听老孙在电话里说"雪狼、雪狼",就琢磨着要出事。陈海燕一听,说真的有事就好了,立功的机会到了。

许是巧合吧,昨晚她俩刚上市里,看到了一张"通缉令",也说要抓一名叫什么"狼"的逃犯。两个人就有点神经兮兮起来,这边紧急集合,刚一进山两人就溜了号,径直进了这个山洞。过后想起来,洞里阴森森的,真让人毛骨悚然。当时,陈海燕还想,这么一大帮人能追捕到啥,还不早把"狼"吓跑了?得悄声儿干,守洞待兔般干活。这大山里也只有这一个洞好藏。两个人都相信那种叫直觉的东西。那个山洞是老孙在一次野营拉练时无意中说出来的,没想到她俩倒是有心记住了。

好在是虚惊一场,有点儿让人哭笑不得。老孙也说不上什么责备。两个女兵一时还泪眼婆娑的,一扭身猫腰儿跑了。几天过去,两个女兵还不大理睬老孙,说是心里头实实在在地感到窝囊和委屈。

观 棋 就 语

一个排几十号人,住的是个大通铺。

三四十兵一个屋子,吃一样的饭、穿一样的衣、睡一样的床、淌一样的汗甚至是放一样的屁。时间久了,一个个火星子旺旺的,一个不服气一个的事情隔三岔五地就有了。班长排长们也懒得管,管多了兵味就没了,一个个绵羊一样,岂不是熊兵一窝?

7班长和9班长更是的,什么事都敢叫板。这不,刚到周末,两个班长没事较上劲了,又在9班长的床铺上摆开了棋盘。

肯定的,好多人围上来。谁叫两人走棋时磨磨蹭蹭,像蚂蚁爬一样急人呢。

数9班副最急了。他急也是理所应当的。往常两个人下棋都是单挑,不代表一级组织。今天不同了,7班倾巢出动,9班能输给他们?

9班副急了,上去抓过一枚棋子,替班长走了一步。不说,这着棋挺妖的。

怕个鸟,马踏中卒,7班没有孬种。7班副是个大嗓门。

没下几下,7班棋局看好。7班副来劲了:有好戏看了,三个臭皮匠,顶个诸葛亮。投降吧,老九?

瞧你那德性。9班副叫道:班长,叫他难看。

吵吵闹闹的圈子越收越小。两个当班长的人,让人挤得实在是受不了,心里更急:本想杀一盘让大家开开眼界,这下,事与愿违了。

气势汹汹的仗着人多,地头蛇不是,哪一点像东道主?

上门送死,岂有不吃之理?谁知竟当真了:有种的上来,单挑,谁怕谁?

还让不让人下了?9班长火了,欲走。7班的急了:不就是想悔一个炮吗?让他一门炮,多大的事?这叫钝刀割肉,要的就是那个爽劲。

兵力对比有点悬殊了。9班长只有招架之力,情急中,好在棋势大难不死。居然7班长走了步臭棋,一门炮送到了象眼了。

7班长走棋,常有诱敌深入之嫌。9班长还在犹豫着。

不吃白不吃。9班副上来,撸起了袖子,做出一副加油干的神情:不好意思,我们班也不是没长牙齿!

这么一来,局势大缓,接下来,一看那局面肯定是和棋。众人一看,没看头了,自然散了不少。7 班的还一路骂骂咧咧的:煮熟的鸭子飞了,有负重望。

下棋嘛,胜败乃兵家常事。有人附和了一句。

又有人接腔:两个班较劲,和为贵,和了好睡觉。

第二天出完操,两个班又是说说笑笑的,像是没发生过那天里下棋这回事一般。

又到了课外活动时,独 7 班副还在摆着昨晚的棋局,他怎么也想不通:怎么就下成这样呢?什么和为贵?军人的词典里哪有这么一条?该刺刀见红时就要当仁不让,当兵的最在乎的可是"士气"二字!

科尔沁"猎豹"

闷罐列车过了黄河,几天过后,直到在一望无际的科尔沁大草原安营扎寨之后,我们这才知道了此次军演任务的重要。因为此次军演,每次需要大批的牲畜予以配合,因而大胡子连长给了我们班一个艰巨的任务:每天一大早,到后勤供给部领上 30 条狗,再驱车 20 公里,带到演习场上。

当然了,这 30 条狗事先是装进铁笼子里的,要不然我们怎么能降得住它们?我们只是事先把这 30 条狗,与其他部队安放的诸如马、羊、牛等牲畜们一起,"固定"在预设阵地上,等到炮火覆盖之后,我们再冲进阵地,察看它们的伤亡程度、时间并进行战场救护……每组再根据不同的任务需要,一一记录下军演总指挥需要的一系列参数。

那天,后勤供给部拨给的30条狗之中,我被一条雪白的狗子吸引住了。那是一条洁白如雪的狗,浑身上下白毛发亮,居然没有一丝杂色,只有两只眼睛那儿泛着幽幽的黑色,一路上还不停地汪汪着向我们示好。到后来,我都有点于心不忍了。可演习就是战场,这30条狗,我是没有一点权力扣留的,哪怕只是一条。

也许是那只雪白的狗子感动了上苍,那天的炮火覆盖,阵地上牲畜伤亡一片,唯独只有它没受到一点点伤害,纯净得身上没有一丝血迹。"也许这就是天意吧,既然它大难不死,我们就收留下来吧。"面对我的恳求,大胡子连长没有过多的责备。

就这样,我留下了那只狗,还给它取了一个好听的名字:猎豹。

还别说,猎豹还真像是猎豹,不仅是长相,甚至连神态也是。特别是带上它执行任务之时,用起来那个顺手啊,真的是静如处子动如脱兔。有时,只要我们这个演习小组同意带它上车,一到阵地上,猎豹总是跑前跑后的,特别是到了晚上看管演习器材,明察秋毫的猎豹,那真是一把好手。

我们这次参加演习的,多是南方兵,在科尔沁草原上生活几个月下来,伙食和后勤供给真的是个麻烦事。演习场地处草原深处,方圆几百里也无人烟,多数时候,参演官兵只能以干粮和罐头充饥,营养缺乏,让我们一个个都身心疲惫。

好在,由于已经达到了演习效果,原定三个月的军演,提前半个多月就要收场了。

这倒是一个激动人心的消息。只是,后勤指挥部那里,还剩下了不少牲畜不知如何处理,特别是剩下的几百条狗,要是处理不好,将是草原上的一大隐患。

意见反馈到军演总指挥,上头的意思下来了:杀掉,统统地杀掉,让所有参战官兵打一回牙祭,改善一下伙食。

到底是在草原上憋屈了好几个月,都是血气方刚的年龄,一听说可以杀狗改善伙食,一个个还不乐得快疯了?就算是草原上有个天壳子盖着,这些热血汉子一声声嘶吼起来,还不把老天给戳上几个窟窿?最后,还是大胡子连长出了个锦囊妙计,他令全身武装的全连官兵,分乘十几辆吉普车去草原深处执行这项屠狗任务。那些车辆因为军演结束阅兵的需要,早已扯掉了多余的物件,官兵坐在敞篷吉普车上,视野开阔。再加上科尔沁草原上能见度极好,处处无路可又处处是路,即使是一个从没开过车的菜鸟,只要会踩油门会打方向盘就行,保管你开多少码也不用踩刹车。

一声令下,这十几辆吉普车就这么放马扑向草原深处,车上官兵人人配有一把马刀,于是乎车轮滚滚,战刀林立,草原疆场,磨刀霍霍……

我们先头部队早已把军演剩下的狗狗们,全部集中投放到草原之中的一处战场。进攻号角拉响,一场草原"猎豹"场景血腥刺激,十几辆吉普车如发情的野牛冲向狗群:一时间,刀光剑影,血肉横飞,好不过瘾!更有甚者,炊事班的几个"屠夫",早就在不远处的一旁起锅垒灶,剥皮剔骨;烧水起火,开膛破肚……

草场上,狗尸遍野,血流成河。筋疲力尽的士兵们正在打扫战场,清点着各自的战果。就在这时,我意外地发现了那条雪白的猎豹:在一堆死狗之间,它就那样站立着,一种大气凛然视死如归的英雄气概油然而生,整个身子如同一座雕像,任初夏的阳光在它那洁白的毛色上打个旋旋。

我大吼一声:猎豹,你给我回来。

猎豹像是听到了我的呼喊,它转过身来,两只如同深潭一样的眼眸看了看我,半晌之后,才仰天发出一阵长啸。它的声音惊动了那些意犹未尽的士兵们,很快,就有两辆已经熄火的吉普车再度发动起来……

"给,干掉它!部队回营,不准带上狗子,留在这里迟早也是个祸害。"大胡子连长递过来一把卷刃的马刀,就在我愣神的片刻,是他亲自发动了吉普车。我如同触电一样呆立车上,耳边回荡的是大胡子连长骂娘似的怒吼:军演就是战场,现在,你是军人,军人只要上了战场,所有的人只有两种:要么战友,要么敌人……听我的命令,目标正前方,挥起马刀,向猎豹——发起冲击!

眼前的一片片青草纷纷向我扑来。"杀!"我大喝一声,嗓子里突然感到一股咸咸的温热,猛一口吐出,竟是一汪鲜红的血……

心芬,我的心芬

直到送行的班长他们几个都跟在他后面走下了半拉子山梁了,詹义军的步子还是很慢。快要转过这个山岗了,一转过身来,这个洒满他三年多汗水的黑土地,以后只能在梦里重现了。詹义军回过头来,接下来就是一步一回头的。没走几步,班长他们又上来了,一个个重重的拥抱,猛地一声,詹义军原本想大声地喊上一声的,但是还是止住了。因为他有些担心,要是这一嗓子震得山梁嗡嗡作响,别惊醒了心芬。

要是让这家伙知道了,要是一路追赶过来,谁也拦不住的。

詹义军站在那里,眼睛湿蒙蒙的。班长像是懂了,推了他一把:兄弟,你就放心地走吧,等会儿,心芬要是难受了,我们回头再告诉她,说你走的时候还舍不得她。

心芬,说好了的,可是……你今天哪去了?

班长说,别等了,我们一直瞒着心芬的。要是让这家伙知道了,你走不了不说,我们谁也不能安生。谁不知道,你是看着这家伙成长起来的。这家伙,可棍气呢,要是闹毛了,条令条例都得拐个弯。人家要是知道你这回真的走了,那个脾气要是发作起来,我们可是没有本事劝架的。

可是班长,你这……也太狠心了。

"这次可不像上次,上次心芬闹得不凶吗?连对面的老毛子都拿望远镜盯着我们看,以为我们这里出了什么事呢。"班长嘀咕了一句。

詹义军就不再吭声了。上次,父亲突然病重,连里给了半个月的假,他自己可是偷偷地趁着夜色走的。为啥呢?还是为了瞒着心芬。那时,心芬才分到他们连,属于一个新兵蛋子,一个忒不老实的新兵蛋子。用连长的话说,连队历史上还从没见过这么调皮捣蛋的新兵。因此,训练和管教心芬的重任,就落到了詹义军身上。没办法,詹义军是优秀士兵,又是训练能手,管理上有一套,能降得住这个新兵蛋子。还别说,没几个月下来,詹义军就与心芬混熟了,他们还出色地完成了边境任务。有几个偷渡客,都爬到乌苏里江的河心了,硬是心芬协助他抓回归案的。你可别看心芬平日里三拳打不出一个闷屁,要是詹义军一声命令,心芬抓捕的动作如闪电之快,一扑一个准;更重要的是,年底评功评奖的时候,詹义军本来想与这家伙合个影,顺便把那枚军功章给心芬挂上。哪知心芬一点也不领情,头也不抬地就溜了。

那一次,詹义军离队的十几天里,心芬见谁也不理睬,差点儿就绝食了。还是班长有办法,一句句地哄,哄着心芬睡在詹义军的床铺上,还把詹义军的照片摊在床上,一张张地摆在心芬的面前,像劝小姑一样,心芬总算给了点面子。等到詹义军探亲归队的那一天,一听到詹义军的脚步,心芬大老远地冲了过去,围在他身边跑前跑后的,一时间两眼都哭得红肿了。

这一回,詹义军真的要离开了,离开这乌苏里江南岸的哨所,离开班长和这座营盘,还有他实在割舍不下的心芬。

是啊,也只有遇见心芬之后,詹义军才相信这人世间,真的有一种叫缘分的情感。比如他与心芬,可谓是一见如故。初次相见的那天,还没等连长与班长介绍完呢,只一个眼神,詹义军就与心芬有了灵犀。心芬这家伙贪吃不说,还挑食,不怎么吃蔬菜,詹义军只好省出自己的伙食,有时饭碗里好不容易才有的几块排骨,也一一给了心芬。好在心芬这家伙也是知恩图报,连班长都嫉妒了,说:心芬都快成了你的影子,成了你的跟屁虫了。詹义军当时心里那个乐啊,梦里也搂抱着心芬入眠。有一次,他梦见心芬尿床了,他就毫不客气地批评起来。心芬知错了,一路舔着他的裤腿,尾巴摇得如风中的黄旗。

心芬,是一条狗,是詹义军他们这个边防连里,一条登记在册的军犬,今年服役刚两个年头。

当时,之所以起了这样的一个名字,是因为詹义军那年,本该退伍了,可是他还想在部队继续服役,连队的驯犬员工作离不开他,特别是一些像心芬这样的烈犬。可是家里的女朋友说等不及了,甚至一句解释的机会也不给他,就一连发出了 N 封"吹灯信"。面对着冰封雪飘的乌苏里江,詹义军重重地叹了口气,朝着那块高耸的界碑喊出了一声:心芬,我爱你!

心芬,是詹义军那个弃他而去的女朋友的名字。

还有,这个边防连自建连以来,一直发扬着这样的一个传统:对于表现突出的驯犬员,可以亲自给自己的一条爱犬命名。据说,对于驯犬员来说,这绝对是一个不亚于立功之类的奖励权限。

吹不响的哨子

进入夏季,老张下班回家一般都比较晚。

起初,老婆以为他在加班,可八项规定实施以来,单位加班也不发加班费,老张的岁数也没了向上爬的空间了;老婆想了想,本来就是一副肌肉松弛的脸,这下拉得更长了。老张也懒得理她,依然我行我素;老婆挺了一会儿,也就没再坚持了:都是快要退休的人了,他就那点工资还一直被自己捏着,赌不成也嫖不了,索性就睁一只眼闭一眼了。

其实,说起来是下了班,也可以说是没有下班,毕竟,老张还是在单位的大院里。

只不过,那是在篮球场上。

市里搞什么全民健身运动,单位里的篮球场对外开放还不收费,一拨拨小青年没事就过来打篮球,四对四半场,霸台的那种;一到暑假,好多中学生放了假,浑身的劲儿没地方泄,三五成群的一吆喝齐齐儿到了这里,有时还吵吵打打的。有一天,老张路过时一看,连忙进了场,比比画画的两边这么一说,嘿,本来就是剑拔弩张的场面,一下子就和谐了不少。虽说霸台的一方与攻台的一方之间的那种竞争场面还算激烈,但是双方水平可是涨了一大截,有时还能冒出来一两个精彩的战术配合,引得看球的人一片叫好。

当然,也不是老张会劝说什么,老张天生就是个闷葫芦,只知道埋头干事,不大看领导眼色。所以,从转业到了地方,这么多年来,临到退休了,还是个科员,别说是科长了,连个副主任科员也没有给他,甚至连单位最后一批分房,也没摊到他的头上。好在老张也不计较,只要不是刮风下雨,一下班总要绕到球场这边来。老张一来,球场上下的好几班人马,一个个来了精神,喊起狼群一样的欢呼:裁判来了,谁也别吵了。

在这里,老张摇身一变成了裁判,嘴里的那只哨子一响,满场飞奔的小青年们都听他的,他的手势一挥一指的,所有的人都得停下来。

那一刻,老张就是皇上,就是领导。

老张的行踪引起了老婆的怀疑,直到被逮个现行之后,老婆也乐了,一大把年纪了,平时在家里也没有理她,到了这里,这帮愣头神山呼海啸着拥戴着自己的丈夫。有时,接过这帮孩子们递过来的矿泉水,有时还有从球场旁边商场里买来的西瓜、冷饮、冰激凌什么的,老婆心里还有了些自豪:当家的,不亏在那个大山洼子里当了十几年的兵。

老张在部队的时候,营盘是在一个大山洼子里,老婆去过几次,两个人在山里走过来走过去就是走不到头,老婆说:你这里,怕是鸟也不来拉屎吧?

"一年到头也看不见一只鸟,就算是有了一只,也是双眼皮的。"老张一笑，打起了一声口哨，居然溅出了好几声回响，比现在球场上的哨声还要清脆。

不过，事情再好也不能过三呀，作为一个大男人，下班了不回家，家里还有一摊子的家务事呢。有时到了双休日，只要是一到那个下班的点，老张也要骑着电瓶车往单位里赶；碰上阴雨天，只要不下雨，老张就往窗外那边看，据说还主动地清扫过篮球场上的水渍。这还不算，老张的脖子上总要挂着一只哨子。有一次，老婆实在是气急了，干脆做了些手脚，老张一上场，哨子突然吹不响了。于是，老张一个激灵，打起了口哨。单位里的同事看到了，说老张你这又是何必，嗓子都弄哑了。

嗓子哑了的老张，回家后更没话了，孩子们大了在外面安了家，他一个人就守着个电视，频道永远是CCTV-5，NBA和CBA这两档子篮球赛是必看节目。他看电视时与别人不一样，两眼只盯着裁判如何吹哨，谁输谁赢也不计较，就是男篮亚洲杯上中国队输了，他也无动于衷。甚至他还把比赛录了视频，分析裁判的吹罚，有时老婆不在家，他就对着电视屏幕模仿裁判吹起了哨子，还没等小区物业上门找他，邻居早就把门擂得山响了。

老婆实在是没辙了，一气之下，踩扁了那只哨子。

挨过老婆的骂，老张发誓不再吹哨，甚至一下班就扭头回家，人也如同霜打过一般。可是走着走着，脚步又拐向了篮球场。他的那些队员们见了，一个个涌了过来，把手里的哨子一股脑儿地套在他的脖子上，如同奥运会上一下得了好几枚金牌，还都是崭新的哨子，个个吹起来都是一种心惊肉跳的响声。老张的手势又高高举起了，这时的老张，一下子活了过来，年轻了几十岁。

有什么办法呢？那是青春军旅的纪念，是烙在生命年轮的伤痕，怎么能说忘就忘？每年的秋季到来之后，天凉了黑得也早了，上学的上学上班的上班,老张的哨子再也吹不响了,就像雄鸡打鸣一般地瞪着大眼盼到天亮。

只是,老张的这个天亮实在是太漫长了,一直等到来年的夏天。

还有就是,在这个漫长的等待过程中,面对着吹不响的哨子,老张整个人真的如同大病难愈一般;只有哨子一响的当儿,你再看他精神抖擞的样子,如同搁在岸上的气喘吁吁的鱼儿,被人突然扔进了河里一样。

间隔40分钟的电话

1380××31188,看到这个显示号码(0××3是该市区号),主持会议的姜冬一惊:志才,这可不是省油的主。

姜冬不会忘记的,志才母亲曾当着自己的面呵斥过儿子:开慢点,让你冬叔扣住了,你爸是不会说情的。

哪能呢?姜冬笑了。姜冬是A市交警支队长,志才是某领导的公子。几个月前的一个晚上,领导埋怨姜冬:看你累的,担心你睡不好觉,我就违反一次组织原则,提前通知你了。

这次志才开摩托没戴头盔,要在平时是件小事,现在不同了。上午姜冬在动员会上拍了桌子:重点整治"三超三无"(乘摩托车无头盔是其中一无),就要动真的。西林路不好管吧?老叶怎么管好了?心底无私,无欲则刚。听说有人喊他"神经",我倒希望多出几个这样的"神经"!

老叶是二大队一名老交警。因为处罚过某外地富商,使A市重点"招商引资"项目黄了。领导气得骂了句"神经",把前任支队长换了,这才有了姜冬的平台。只是自认"趴窝"的老叶,也就索性"神经"到底了。

这回又是老叶当班。姜冬冒了点汗,忙说:正在开会,这事我知道了。

停了停,姜冬关了手机。

老叶在西林路,天王老子也不认。这天老叶替人顶班,正是三伏,柏油都化得烫脚爪子。上午的动员会支队长都豁出去了,自己有什么不敢?"士为知己者死"嘛。有次他扣了某局座的车,过后姜冬还请他喝酒。就冲这酒,也不能给支队抹黑啊。

老叶身板挺得笔直。后背干了又湿湿了再干,远远望去,白花花的盐渍像是描了一圈圈等高线。

老叶没注意,不远处有位女孩举起了相机,聚焦着这幅等高线。

老叶注意的是,有辆没戴头盔的摩托车过来了。

老叶迎上去,敬礼。

不认识我?是志才。A市电视主持人志才这张脸,那可是城市名片,人称"A市李咏"呢:你们不看电视?

没时间看。

春节晚会你也不看?志才不解:他主持的春晚,A市美眉万人空巷。

对不起,我在加班。老叶礼毕,要扣证件。志才挂了挂嘴角,把车牌尾号露了露:×PB××88。

这样的号码本身就是身份。老叶说,对不起,我不看号码,只看规章。

姜冬你认识吧？

当然认识。我正在执行他的命令。

想了想,姜冬开了手机。当支队长的,手机哪能关呢。

又是志才,姜冬先是没有接。会议间隙,姜冬望着窗外,树枝间有只蜘蛛在辛勤织网。一瞬间,姜冬也想到了一张网,丝丝缕缕地罩了过来,怎么也扯不去。领导曾对他说:做官都是暂时的。

只是领导年前去人大挂了个副职。既然"挂"了,这个电话更要打的。领导关键时刻为他讲过话,滴水之恩啊。人没走,茶还没凉呢？还有,志才岳父又在财政部门,支队能不食人间烟火吗？

和老叶的队长说说？还是直接和老叶说？怎么说？要不,就再等会儿。或许志才自己摆平了。会议为一个事进入了僵持,争得姜冬有点头晕,近期他老是有点失眠,女儿劝他:多看点庄子的书,就好睡了。

看是看了,可看不进去。这把交椅,一天也不好坐啊。

黑塔般的老叶矗立在志才的眼前。老叶炫耀地看着腰间的话机。话机响了,志才得意一笑,他看到老叶的脸红了,不由吁出一口长气。

电话很短。老叶挂了,显然不是姜冬的。志才再次拨了手机。

老叶背后的等高线又多了数圈。那个女孩崇敬地按了数次快门。女孩是《××晚报》记者,近期报社搞"三贴近",今天看到老叶,女孩庆幸自己抓了条"活鱼"。

午后日头甚毒,女孩想再抓一两张后离去。这时,老叶腰间的电话响了。

姜冬的声音老叶当然听得出来。老叶看了看表,距志才第一个电话,间隔40分钟。毕竟晾了他40分钟。

姜冬的语气混浊了。他准备了一箩筐的安慰话……

"别说了,我懂。"老叶过来,敬礼,归还证件,挥手放行。志才身下冒出一溜青烟,临走一回头,一口浓痰射在岗亭的伞上,悬而不断……

老叶咬着嘴唇,把帽檐向下拉了拉。他没想到,这个举动让身后的女孩很失望。

《间隔40分钟的电话》,女孩赶了篇特写,总编怕对号入座,抹了不少。女孩将样报寄给姜冬:希望媒体的关注,能给您提供N个拒绝理由。

这是女孩第一次在信中没有喊姜冬一声父亲。

姜冬把样报压在办公桌上。有几次他想在电话里说:爸爸难啊。

姜冬又没有说。一个月后,支队"保先教育"进入第二阶段。姜冬给意见箱里塞了封信,意思是提醒支队领导少打些说情电话。姜冬请来人大、政协、纠风办等单位,还有几家媒体,当然也给女孩发了请柬,希望她来提意见,最好对他本人指名道姓。

遗憾的是,女孩不会来了。女孩对这个城市失望的那个夜晚,一辆摩托车把她撞在路边,头也不回地跑了。

交警火速赶到。找到一位杨姓目击者,是个股长:车号好像是×PB×× ……

这时有人轻轻地咳嗽了一声。

杨股长一颤,下文转了个弯:当时眼睛迷了沙子,也没怎么看清楚。

代号"736"

中尉刘平一连发了三封家书,一再请求他在川中某县重点中学教历史课的妻子,近期抽空来队一回,协助他完成一个代号"736"的特别任务。尤其是最后的那封挂号特快信,里面还夹着三根鸡毛,这倒让他新婚的妻子觉得奇怪:春节之前,自己连连去信安慰他说,准备夏日来队。她这个当老师的,夏日里有两个月暑假,来队时间不是长一些么?那多好,也能把平日里那些想说的想做的都给办了,省得寒假前去,被窝还没暖热又要买票赶车。

可丈夫当时就是不同意,还说自己刚来通信一连任职,连里的好几个军官士官的家属多是教师,到时家属来队的人多了,一时难免会照顾不周。只是这回为什么又突然变卦出尔反尔?干吗要折腾出一个"736"计划?这是个什么代号?莫非是与历史有关联的?眼下某些日本右翼分子沉渣泛起,企图篡改历史教科书,可那是些黑太阳"731",与这个有什么关系?

这么想着,一到暑假,妻子就匆匆上路了。天热路远不说,前方有个人牵着,路再远也在人的心里。还好,一路顺风不说,连里的接待工作也说得过去。一晃一个多礼拜下来,刘平也没空陪她四处走走,仿佛信上三番五次说的那个"736"行动计划,好端端地烟消云散了,作为司务长的丈夫,成天就是伙房、菜地、猪圈三点成一线地跑来跑去。妻子想，自己一个临时来队家属，也不好掺和什么。和其他家属聊聊天吧，又是初来乍到没什么好说的，往往说不了几句，多是嚷着打牌消磨时光。倒是晚上想问他这个"736"到底是咋回事，话题还没牵扯出来，刘平就在那里累得直打呼噜。几个月不见，他人不见长高，呼噜声的分贝倒是大了许多。

夜，显得长了。醒来时分，丈夫有时还不在身边，又是查铺查哨，又是忙这忙那的。好在一天三餐，总是等到刘平准时端来了饭菜。这样也好，一日三餐不用她动手，虽说不是大鱼大肉，倒也荤素搭配，四菜一汤粗菜精做。听说这一天的伙食费标准才折合七块多钱。妻子觉得这要比学校的食堂经济实惠多了，而且连里的兵们对她也热情，一口一个嫂子，喊得她都不好意思了。

没过多久，新鲜感就少了。也别说，丈夫一到这个连队才半年多，还真搞出了样子，只是这一切与那个神秘的"736"又有什么区别？

还没等妻子问个清楚明白呢，这边刘平却催促她回家。

这回听清楚了，是回老家川中，不是回到她所驻的那个部队家属院。

"你神经短路了？"妻子不解，"不是说有一个什么'736'任务吗？"

"是有这个任务，可是属于你的那一部分已经完成了。"刘平见她疑惑，这才解释起来：年初，他自荐到了后勤管理滑坡的一连任职时，头一次经济民主会，就有好几个士兵反映每年有干部家属来队一住就是个把月，常在连队搭伙，走时也不交伙食费，往往都是一拍屁股了事。为此他找到了连里，连队也难，有的干部也不把这个当事。为此，他这才想起来，请她来充当这个代号

"736"行动的女一号。

"736",也就是陆勤一类区一类灶每天的伙食费标准,很简单嘛,有什么不好理解的?

"到了寒假时,你再来,还有一个'730'呢。"刘平笑了,"没办法,连队马上要去外地演习,剩下的假期只好等到以后再补了,到时你再来教我们腌制咸菜(该部要求每人每天腌制咸菜2两,一年下来就是730两),这次你在伙房里露的两手,战士们都说好吃呢。"

"少说殷勤话,假惺惺的,到时你怎么谢我?"

"这不,我早就请过你了。"刘平掏出交纳伙食费的收据,在妻子面前晃了一晃。

"好你个小气鬼,以后别指望我来了。"妻子噘起小嘴,可一看到丈夫脸上飘移不定的红霞,忍不住"扑哧"一笑:"逗你玩的呢。"

顺便交代的是,中尉刘平按标准交纳伙食费的收据,由经济民主组公布之后,一连再也没有发生过干部家属来队就餐不交伙食费的现象。有两位干部私底下还主动补交了去年欠下的伙食费。

驼爷的心思

西天的晚霞一股脑儿弥漫天际的当儿,驼爷的心思又有了:那份心思一时也说不清,只觉得怪闷的,像堵了口陈年老痰。

这些年来，为了小四子，驼爷的心里老是疙疙瘩瘩的。

四个儿子里头，也就数小四子有些出息，虽说那三个儿子这些年也挣了不少钱。小四子在部队上，眼下还只是转了个士官，往年在山旮旯里这个巴掌大的村子，小四子每年探家进山一趟，驼爷的心与这山道一起都要晃上几晃。这些年村子里富裕了一些，小四子回来时闹出的动静也小了许多，不过，驼爷还是觉得有些面子，光荣军属这块牌子，一般人家也不是想有就能有的。

驼爷的背早些年也不驼，年轻的时候也想当兵，只不过那年的兵要去东北那老远的地方，做娘的就死活不放人，后来当兵的就像是个木材贩子似的，尽挑那些腰杆子顺溜的。驼爷也就叹了口气，好在这以后，小四子为他扳回了点面子。

小四子在部队上有十来年了，可是村里越来越不像话，前些年慰问军属时，东西虽说不多，好歹还算是热闹。这两年倒好，越来越没谱了。上个月的那个雨天，村里的民兵营长冷不丁儿从隔壁的一家棋牌室过来，说是代表村支两委慰问一下军属。一包东西是夹在腋下的，两小袋枣儿，连一点带红的颜色都没有，谁稀罕呢。末了，营长抽出了20元钱，可能还是刚刚打麻将赢的小钱吧？三句话还没说，就照桌子上一丢，一点声响都没有，搞得像是地下党送情报似的。驼爷本来还想与人家说上几句话，谁知棋牌室那边一声喊，民兵营长的屁股像是被驼爷端出来的板凳给烫了一般。这还是个雨天，要是天晴了，保不准还不过来呢。

忙你个鸟，看你那猴急急的，三缺一吧？要是没有咱家小四子他们，看你到头来给哪个外国杂种忙个屁呢。

小四子来信了，说想继续留队，还说有关他可能要转干的材料都上报到师里去了，这次是给家里捎带个口信。三个哥哥没说什么话，只看了一眼就先后走了。也难怪，今非昔比了，人勤地不懒，别说在外务工了，就是在家里的地里守着，也穷不到哪里去。这年头，当兵的虽说加了点工资，也高不到哪里去，况且每年在路上都要泼洒掉一些。驼爷想都没想就拿定了主意，山沟沟里早晚也有晴的时候，只要部队上需要，你干到哪一天都成。

驼爷的脾气，做儿子的都是十分清楚。

那一大片晚霞快要暗下来的时候，驼爷就想好了，等小孙子爱军放学回来，就让他给四叔写个信，信上说：家里都力挺着，村上的都以你为荣呢，今年村上的慰问军属可热闹了，你要是在家看见了，眼泪都止不住。

也不知道小孙子愿不愿意写，会不会还问三道四？这小子一根筋，弄不好性还犟。干脆，就让大孙子爱国代笔写吧，这孩子大些，多少要懂事些。

出　　息

柱子报名当兵的动机之一，就是因为村上好多人都说，柱子这个人一脸的福相，要是出去当了兵，将来会有出息。要是不当兵闲在这里，那可是真有点可惜了。

柱子想想，也是。

柱子的家乡地处一个山洼子，这些年来好多出山讨生活的人也没闹出什么大的动静。柱子当年可是一心想考大学的，只是后来家里渐渐地支撑不住了。怨谁呢？哪里像二华家，人家高中补习了两年也没戏，村里人早就有人预言了，说是这一片山里，老祖

宗的坟山没力气,蒿子都长不高,哪能冒青烟呢?

两个人同时报名当兵,手续挺顺当的,还都分在一个新兵连,下连队时也没挪窝。因为想着闯一番出息的誓言,柱子进步得快,第二个年头就当上了班长。柱子他爹心里藏不住乐,有事没事也喜欢往二华家跑,有时还说要读一读二华的信,看柱子是不是报喜不报忧,省得到头来空欢喜一场。

柱子听说了这事,一直乐不起来。其实,二华也蛮拼的,可他像个姑娘一样的白净,训练时吃不下苦,也就索性不再想什么出息的事,反正家里条件也好,不像柱子是出来一门心思奔前程的。

春天要走的当儿,军部警卫连要来下面调人补充兵员。柱子听说那里可是军部,于是就有了些神往。连长听了,却制止了他,说去了那里就是没日没夜地站哨,有什么出息?你的军事素质那么好,这些年打下了那么好的基础,一旦换了个新的连队,等于是翻过一页从头再来,等到退伍时有什么出息?

连长又说:悠着点,今年上头有可能放几个士官名额下来,基本上属于等额招生,况且,连里那些家庭条件好的都不愿意报名……

柱子想到自己即将转成士官有了出息,有点儿暗自窃喜。这以后训练也不觉得苦了。其实苦与不苦完全在于心情。二华他却看不穿,报名去了警卫连,给一位首长家当了公务员,成天就是做一些买菜、接送小孩和打扫卫生的事。哈,那是女人们干的事呢,这样子当兵三年,有啥子出息?

柱子还是一心想着考试的事,进入夏季,连里奉命参加了一个重大演习,原说好一个月的,后来因为等着总部首长来视察,又延长了半个月。归营的时候,柱子这才知道,原来上头说好的那个士官招生名额说没就没了。柱子想了想,也没什么,一颗红心

两种准备,自己肯定会正确对待的。这次演习,柱子的确为连里露了脸儿,团长在大会上还点到了他,尽管没有给他立功嘉奖,但团长口头上的表扬也是一个不小的荣誉,这事要写信告诉家里。

日子过得蛮快,快到退伍时,柱子估计今年留队的希望不大了,就写信问家里。家信回复得很晚,也只是三三两两的几句,大意是:原以为你会有出息的,没想到头来还是退伍回家;人家二华多厉害,都保送上军校了……

柱子呆呆地愣在那里,这才想起有一阵子没与二华联系了。这才多长时间,二华也不大懂业务呢,怎么就能保送上军校?这事怎么个说起呢?柱子想了想,还是想找连长问个究竟。刚一报告推门过去,连长却不在,屋子里空空的,只是桌上摊着一张士官学校的推荐表格,上面的名字就是二华。柱子当时有些恍惚了:二华不是去军部给首长当什么公务员了吗?怎么填一张表还要在我们连里占用名额?这本来是不是属于我的那一张表格呢?

等了一会儿,连长还是没有影子。柱子想了想:算了吧,这事如果再这么折腾下去,那才是我自己没多少出息呢。

实 话 实 说

我干上新闻报道员有些偶然。

起初,也没想到要在部队上干这种行当。在家上学时我的作文蛮顺的。到了新兵连,第一个元旦,各班要交广播稿。班长抓差,我就举了手。新兵那时有点傻乎乎的,其实本来事也简单,又不是发表什么大作,几笔一画不就行了?下连队后,有段时间我觉得上面公差太多,就写了个言论寄到报社,还不敢署单位,怕退回来惹战友们笑话。没承想居然发表了,还有赶巧的呢,主任来连里蹲点,看了说不错,问我上报道组愿不愿意。我心跳得厉害,我说行吗?等我再写上几篇可行?

还没写第二篇呢,就通知我报到,就这么简单。老乡们都来凑热闹,说环境好了,这下我们就等读你的大作啦。到那儿一看,并没有多好,哪能成天让你写稿子?得从"小二"做起,细小工作呗:打打开水倒倒茶,擦擦桌子拖拖地,还得送股长的孩子上学,保姆似的。人家新闻干事动不动就拨电话,使唤你成天里脑子嗡嗡地响,心里那个急啊。我是个农村兵,来时总想有个出路,这样下去是不是废了?只有晚上回来缩在屋子里写。

报道组也没个编制,屋子是个小仓库,床也没有,打地铺吧。白天早早起来,就要卷藏被子,后来好不容易见报了几个"豆腐块",领导还懒得看,他们关心的是重要版面的大块文章。

机关有个坏毛病,一年要清退几次超配的兵。有时写得好好的,叭地一下又回到了连队。每经历一次,心里就难受一次,没学到东西,光阴还浪费了。连队里好长时间不在,人家也不认同你,总觉得你是机关淘汰下来的,分到哪个班,班长们都不大想要。

报道员的组织问题也是个头痛的事。机关兵嘛,都以为你有优势,早晚的事,连队从不考虑你,没有人为你操这个心。只有带你的新闻干事还留点神,现在弄一张党票也挺难的,想从连队走,哪个愿意?从机关真的找来一张,到下面发展,连里不想通过,也有理由:不出事都好,万一有了事,我们盖的章,说得清楚吗?再说他也没在连里做多少事。

一般多是转一个士官,但转上了谁不想提个干?每个集团军在新闻宣传口子上,一年都有两个名额,但有个前提,要统计上稿数,这是硬杠杠。义务兵军区级20篇,中央级20篇,志愿兵加倍。一般报道员处在那种环境下,难呐,于是就想着上稿子,差个两三篇,节骨眼上就指望送稿了。要是运气好的,所有的开支公家报销,这就好了。要是单兵性质的那就麻烦了。

某团有一个送稿的,带了点盘缠上路,还别说,真的摸上了门,可士兵好蒙呀,人家一看,找了点问题,说就放在这儿吧。编辑哪知道你花费的是父母的血汗钱?有一个兵花了好几百块,带去了四五篇稿子。编辑说别急,有机会帮你推。说来也巧,他们单位原来的一个干事调到师里,这时也来送稿。两个人撞上,一块儿再去,以单位名义请编辑坐坐。干事送的是一篇大稿,差不多敲定了。一会儿,编辑脸红了,出来方便。那个兵迎上去,立正敬了个礼。编辑一愣:好面熟呀,在哪儿见过?兵的心里立马凉了:前天上的门,上午又送了稿,怎么就一个"面熟"?又一想,反正到这份上了,硬着头皮上吧,编辑手里就这一亩三分地,还有领导调控什么的,谁不想"综合开发"?况且有那么多的"送稿大军",要是再加深印象,还得向家里开口,那个兵有点为难了。

干事们一休假我就忙了。有一次,主任要我写,说是四连的菜地拍得光溜溜的,扫把掸掸真能睡觉。我知道写出来了战士们会骂娘,可那是主任抓的典型,只能扭转一个角度了。稿子出来了,主官们高兴了,但士兵觉得造假,好多老乡从此就不理睬我了。

为了自己上稿子,不管怎样,能换到领导的一个笑脸,就顾不了那么多了。你可不知道报道员苦啊,上级与战士,一个也不能得罪。三团有个报道骨干,是个三级士官,以前每年上了不少新闻稿,团里想提他,又怕在报道员这个口子上竞争激烈上不去,就换了其他岗位,如排长、司务长什么的。于是,命令下到了连队占个位置,人还在报道组。好几次团里报上来,就有群众来信,说这个人在连队里一天也没待过,是弄虚作假。人家说得有凭有据,师里也不敢捂,上头是天,天外还有天呢。苦的是这个士官本人,好几次都抽血化验体检过了,还是在关键点上被挤下来。本来这个人也瘦,又因为写稿抽烟熬夜,二十八九岁的样子像个老头一样,最后一次提干时,报的是通信排长。体验时化验,血硬是抽不出来,尽是血沫子,医生让他等等再抽。这家伙倒好,撸着袖子跑到师政委那里,哭了:我都抽了9回了,这么多血就是卖也能卖个好价钱,我身体弱,不提拉倒,别把身子骨抽残了……

报道员干久了,关系不好处。特别是写单位建设的,你点了1号首长,就得找个地方点到2号首长,字数什么的都要均匀才好。可报上有要求,一个稿子只能点到一个人,这事就难办了,得想法子什么时候再写一个平衡一下,要是不平衡,还不如不写;要是平衡了,有时写了也是白写。

与基层比起来,报道员是干部身份的,进步慢,档案里没有任职主官的记载,以后往上用起来就难,所以干几年趁说话管用的领导心情一高兴,得提出来走人。你要是不走,那就等于窝在这里把"牢底"坐穿了……

跟 踪 追 击

在一列急驰的火车上，列车员徐艳盯上了一个女兵。她想：那个靠在窗口忐忑不安的女下士，准是个假冒军人。

几经推测，徐艳肯定了自己的直觉。不是么，在皖南的一个小站，一名解放军女兵竟傍着一个长相异样匪气的络腮胡子亲昵地上了车，何况那个络腮胡子脖子上还缠了根绳子粗的金链子！还有，更重要的是这个女兵拎上车的那只黑箱子里一准有戏，像是装了个活物，依稀还有轻微的动静渗出来。莫非……

这些发现令徐艳热血沸腾。她从小的心愿或者说是理想就是做个优秀的列车员，好把甜甜的笑脸遍洒祖国的四面八方。好在片刻的紧张之后她很快就镇静了：莫慌，说不定这个女兵就是借着军装的掩护，在车上与文物贩子进行一笔不可告人的勾当。

先稳住他俩，反正他们在车上，一时又跑不掉，得来个跟踪追击顺藤摸瓜，等人赃俱在时好一网打尽……

女兵的头发像是仓促间剪短的，没准儿就是上车之前应付的。即使徐艳巡过了他俩的座位之后，也尽可能地用余光扫描着目标。两人窃窃私语之间，徐艳听出来了一些眉目，说的是什么"杜洛克""梅珊"。这分明是两个人的代号，好家伙，"杜洛克"还像个老外，居然与境外的勾搭上了？

按照规定，旅客携带的行李要置放在货物架上，这是制度。而那只黑箱子眼下又被女兵挪到了脚边，见徐艳走过去，女兵的

脸有点白了，连声说：我自己来。

这下，看清楚了。箱子底部和侧面还凿了十几个不规则的气孔，不仔细看还真漏过去了。看那个女下士一脸尴尬的窘态，徐艳暗自窃喜：果然是走私……

那干吗又要在这个人头攒动的列车上？对了，不是说越危险的地方越安全吗？敢情是想在我眼皮子底下瞒天过海来了。这回非让你尝尝本列车员的颜色不可。更何况还是一个很有分量的，说不定还是国家一级、二级保护动物呢。

乘警与列车长查票过来了，女兵的脸上有了些变化。徐艳瞄到了那细碎的汗粒在她鼻尖上渗了出来。她做贼心虚吧。干脆，这回不用报告了，免得打草惊蛇，要欲擒故纵，放长线钓大鱼才是。

络腮胡子已经先睡了，夜色中女兵也是半眯着眼佯睡，这点鬼把戏也想瞒过我？只是，与他俩接头的嫌疑人一直未露头。

再有两个小时自己也该交班了。不行，自己上车好几个月了，还一直是默默无闻。怎么办？去盘问？去查票？还是直接开箱检查……徐艳的心里可是乱极了。不，要沉得住气，挺一挺就过来了，我心里是急，对方比我还要急的。

列车仓促间摇晃了一下，是临时停车。猛然的震动，让女兵打了个激灵，一双手又触电般去搂那只黑箱子。看，她拎起来了，像是起身上厕所，而厕所里好像有人，女下士无奈地折回来，脸上终于有了一种恼怒的表情，只是一闪而过。稍后的几个站台，稍有个风吹草动，女兵就下意识地摸一下黑箱子，尽管此时她自以为神不知鬼不觉地把那箱子塞到了座位底下。

看样子络腮胡子要送女兵在下边的那个站下车。终于可以行动了，徐艳机灵地守住了车门口，她要等前面的旅客顺利下车，好最后悄悄地截住这个假冒女军人。

没想到,在车门下接站的也是两名女兵,还空着手,那只箱子居然被从车窗里转下来了。正急着要喊呢,猛然,徐艳在月台上发现了它。是一名女上尉和几个女兵雀跃着捧住了那只黑皮箱。女上尉还迫不及待地打开了箱子。唉,真是的,亏这个女兵想得出来,你猜猜看里面会是什么?

是有一只动物,但只是一般的家畜,一只可爱的小白猪,猪嘴巴被带子勒着,尾巴上还兜了塑料袋和尿不湿……那名女上尉紧紧抱着刚下车的女下士,边笑边说着:"总算把'梅山(珊)'请到了,陈彩虹他爷爷也说了,7号就把'杜洛克'顺道送来。这下好了,咱们连里的后勤生产要打翻身仗了……"

这都哪对哪儿?让徐艳有些摸不着头脑。就这么一路跟踪追击下来,千把多里的行程,白辛苦一趟不说,就这样不明不白地结束了?

列车再度行驶开来,徐艳看见络腮胡子还在。这家伙解释说:"我这个外甥女,在家可娇气呢,谁知当兵才年把,就这样顾连队这个家……自从她和一个姓陈的女兵毛遂自荐当上了饲养员之后,家信里老是抱怨连队的猪种不好,非缠着让我给她们留一头优良品种,还指名要'梅山'……这不,听说我这次要去西安出差,她就提前休假跟着过来了。废了我一只皮箱是小,连个探亲假还剩五六天就提前归队,害得我老姐还一个劲儿地埋汰我,你看这事闹得……"

第二辑　落日孤城闭

点评:汪守德(总政治部文艺局原局长,第五、六届鲁迅文学奖评委)
作品:《程多宝短篇小说三题》——首发《昆仑》1996年4期。

　　程多宝的小说显然都是我们所热切呼唤的对当代军人生活的反映。写他们所熟悉的、感受也是最深的生活,无疑是一种正确的选择。

　　生活的底蕴激发程多宝的是一种诗情,所以他所着力的是表达生活中包含的诗意,并且用诗的笔调来写他的小说,我们读他的小说会感到其情感真诚,细腻而纯净,具有一定的抒情性。

　　部队生活作为一种特殊的人生经历,其具有的新底蕴,无疑给程多宝提供了难得的机遇与飞翔的动力,因而也使他的小说言近旨远,颇具内蕴。这个作者的特色与优势在于,总是生活在我们口舌生茧地强调必须深入的、很多专业作家需要经常补充的现实生活之中。

黑夜给了我黑色的眼睛

　　一大瓶飘柔,一个下午就用空了。通信员拿回来,放在中尉的窗户上。飘柔有了意见:好歹自己也值好几十元钱,快要抵农民大半担稻子呢?偏偏一个下午就给中尉拿去用完了。

　　空空的飘柔瓶子很是委屈。自己是中尉家属一大早从军人服务社买来,原是准备给她本人和心爱的中尉俩用的,现在倒好,空了,没了……飘柔瓶子就苦着脸,心里真希望中尉的家属能想起自己。要知道这样用完了,这位小学老师肯定会埋怨中尉的。

　　这是个夏夜,天黑得过早了些。中尉咕噜了一句,就睡了,像是告诉家属明天上午有个什么大检查,得早睡早起。小学老师就叹了口气,挨在中尉的身边睡了。好半天过去,老是睡不着,眼是闭了,气还在直喘:难怪呀,难怪呢。

　　也是的,昨天刚家属来队,一天下来,中尉只顾忙他的,小学老师只好被晾在一边,帮不上什么,窝在屋子里,休息到了现在,精气神可是足足的。

　　难怪呢……

　　然而,中尉却呼呼地睡着了。这就没有办法了。小别胜新婚,何况两人又是久别,一方还是刚刚来队……

　　"都是这次检查闹的。"飘柔瓶子恼了,自言自语起来:也真是的,这么惬意的夏夜,小风一缕缕的,花香一阵阵的,小两口……多美啊。

花香是从窗台上飘过来的:那是一盆茉莉花。

茉莉花劝了过来:飘柔呀,别生气了,跟这些当兵的生气,不划算,气也是白气。来,咱俩说说话,我也憋得慌。只是我,唉,比你的命运也好不到哪里去,彼此彼此罢。

这盆茉莉花也是上午买来的。本来一起买了20盆,搬来搬去正捉摸着怎么摆放好看时,通信员一不小心,碰碎了一盆。这单下来的一盆,不好摆了,就搬回了中尉的宿舍。中尉是队长呀,每回检查下来,总要瘦过一圈。兵们看在眼里,心里可是很疼的。天天在一起,都是为了队里的荣誉,哪个人心不是肉长的?

司务长见了,说搬到招待所里去,嫂子不是来队了吗?

嫂子是小学老师。老师一看,是一盆茉莉花,心里可高兴了:当兵的可真是心细,嫂子长嫂子短的不说,怎么知道我喜欢茉莉花?忙问:多少钱?

不多,才20多元。队长给过钱了,真的是给过了。通信员每回都是这样说。这个小不点,人精似的,才分下来十多天,见什么人说什么话,脸根本不会红,像是有特异功能一样。队长说他这一次,众里寻他千百度,总算是千年等一回了。说是说,一出屋,通信员想到司务处那里交点款子。司务长说:算了算了,大钱都花出去了,还在乎队长交的这点鸡毛蒜皮?寒碜本财务大人了不是?喂,那盒磁带准备得怎么样了?

早买好了,交给队长了。收录机也放在招待所里,队长说他晚上再添上几盒。

中尉忙了半天,回来时有点累,吃过饭,又开了几个会,这才倒头就睡。录磁带的事也给忘了。要不是小学老师来,怎么也不会忘了这个的。

收录机这时正搁在桌子上,里面的磁带播放的不是刚买来的这盘轻音乐《好一朵美丽的茉莉花》,而是他平日里自己录制的朗诵诗。每天,有了零星的空,中尉都要念上几句。

要说飘柔和茉莉花的怨气,相比之下,就有点小巫见大巫了。现在,轮到收录机急了。这台收录机原先是放在俱乐部里,平时也难得用上一回。

收录机那个急呀,真盼着中尉和小学老师能想到自己。

还好,中尉半夜里醒了。心里有事,睡不踏实。收录机乐了:真是好样的,像个当家的,有一个一队之长的样子。

小学老师也醒了。夜黑得深,可中尉就是眼好,不开灯,也能摸到机子。小学老师这下知道了,一琢磨,知道中尉不是冲自己来的,刚刚有的高兴劲儿陡然下去了。好在也没生气,丈夫很累,也是的,一队之长,不容易的。

只是部队上的事也怪,不就是明天有个大校来检查后勤生产么?

因为大校是搞后勤上来的,一来连队就要往猪圈菜地里跑,总爱比较哪个连队养的猪,还总是以毛色发白发亮为唯一标准。如此说来,用掉了瓶把飘柔,算个啥呢?

买那么多花,还放个带子又算是什么?

大校是苏南人,离家久了,放一点家乡小调,不更亲近一些?再说猪圈里臭兮兮的,谁愿意多待上一会儿?要真的是这样,心血不是白费了?你呀,不该问的不要问,这是军事机密,懂吗?

你们当兵的,就是让人不大明白,那快去试试收录机吧。

算了,睡吧,明天试,来得及。

女人还是不放心:能保准拿到第一吗?兴师动众的。

难说,大家都是这样准备,上头布置的。有的还喂安眠药让猪儿们一起直呼呼地酣睡呢。只是这样下去,何时是个头哟?

都这样,你不这样,行吗?

过不去,年底就转业,别再想随军的事。过来了,看到这样的更让人生气。中尉说:算了,再说吧,夜还黑着,睡吧,我去听一下带子,还不知音质如何?

一摁机子,里面竟然是自己的声音:

黑夜给了我黑色的眼睛

我用它寻找光明

中尉叹了口气:诗人,真他妈的诗人。

小学老师安慰了几句,也就睡了。只是她没有想到,为这两句破诗,飘柔瓶子、茉莉花还有收录机它们几个,又讨论了好久:……也真是的,现如今干哪行容易? 就这么过吧,大家都是这样,又不是你一个,干吗这么另类?

班 务 会

班务会的第一项内容结束之后,我心里就开始不大痛快起来。要是按照以前的鸟脾气,我早就要直接点那个李伟峰的名字,说不定还要剋他几句,整出个一二三四来。你看看,老班长这一走才几天,你这个小列兵吃了豹子胆不成? 是瞧不起我这个新任的班长还是咋的? 全班连同我这个班长在内的 8 个兵,哪个不是坐在马扎上挺胸收腹的开着班务会？他倒好，单是一个人倚靠在下铺的床单边上，手里还摘下了挂在墙上的那个挎包，若无其事地搭在膝盖上，装模作样地记着什么笔记。

要你记什么笔记？你还当你是连队文书？本班长的班务会，内容没那么复杂，带两只耳朵听着就行了……我的眼光向李伟峰扫了过去。我知道这家伙是苏南那一带的兵，家境富裕得有点流油，当一年兵单是地方政府发的补助，就比我这个一级士官还要高。这也是客观现实，"凡事要从长远上看，心里老是想着这么攀比，什么时候能计较出个头？"这话，是老班长谈心时透给我的，那时我常常有一些想不通的时候，是老班长一次次帮助我化解了心结。

老班长解下疙瘩最拿手的绝活，就是带着全班战士一起唱军歌。再忧愁的时候，大家吼几嗓子军歌，什么都烟消云散了。可惜的是，铁打的营盘流水的兵，身为二期士官的老班长复员回乡、离开我们也有好几个星期了。

对！就学老班长的这个绝活，带着大家唱几首歌亮亮嗓子。一想到这里，我就来了劲："接下来，我们练练唱歌。还记得老班长在的时候吗？哪一回连里拉歌，我们班不是嗷嗷叫？现在，我们就要练它一嗓子，保住这个胜利果实，可不能丢掉传统。"

一想起唱歌，我的心里还真有点不大自在。新兵下连那会，老班长带我们大家唱歌的时候，我总是克服不了心里的那种胆怯，每回张口出不了彩，细若蚊吟的，一遇到全连或是全团拉歌，老班长就急得不行。后来的几次，老班长拉着我单个操练，这才慢慢顺了过来。特别是上个月，他临退伍之前的那次班务会，我们全班沉浸在歌的海洋里，让全连的官兵们都羡慕至极。

本来，作为惩罚，我是想让李伟峰起个头。但看看副班长一

副跃跃欲试的架势，我就随了他的意见——"全班先来个合唱"。因为副班长与老班长的感情特铁，两人一直通信联系着，就是今天，他还收到了老班长的一封信。

副班长一起头，我们的歌子就满屋子轰炸开来，歌声如流不出去的潮水，撞得窗户玻璃乱颤着，引得其他班的好多兵们，脸齐齐地贴在玻璃窗上，一个个鼻子都挤压得扁扁的。大伙儿胸脯起伏着，就是李伟峰这小子，双手一直捧着那只挎包，唱得似乎有些心思一般。

《当兵的人》《说句心里话》《一二三四歌》《当兵的历史》《打靶归来》……几首歌子一唱，浑身都有了些热乎劲。看样子差不多了，我就想着解散好进行下一项活动。没承想，李伟峰举手报告：班长，我还想提议，大家再唱一首歌。

"你想唱什么歌？"我表面是一副镇静的样子，其实心里早就烦透了：你小子，想干啥？刚才大家唱得那样投入，你倒像是丢了魂似的，现在倒好……

副班长这时充当和事佬了：班长，你就让他带着我们全班唱一个吧。

李伟峰把膝盖上的那只军用挎包往前押了押，仿佛那是一只能自拍的手机，你看那满脸深沉的样子，唱起歌的模样真的是让人领略了那副久违的深情：

我的老班长，你现在过得怎么样？
我的老班长，你还会不会想起我？
好久没有收到你的信，
我时常还会想念你，
你说你喜欢听我弹吉他，
唱着我们军营的歌……

真情倒是满满的,好在我们也没有计较他的歌声。全班合唱完这支歌子之后,我正要总结呢,李伟峰突然捧起了那只挎包,凑到嘴边亲切地喊了一声:老班长,我们正在开班务会,刚才,全班的歌声,你听到了吗?

挎包打开,里面是一只袖珍收录机。

有几个兵都搞不懂这是咋回事了,我也是一头雾水。这时,副班长说话了:老班长退伍有一个多月了,这些天来,他一直想着我们。老班长回去之后,已经承包了一座荒山,眼下带着几个退伍的老乡开进了这座深山,这会儿保不准正在挖坑凿洞,好赶在开春之后种荫点翠。这不,老班长今天还给我来了一封信……

从副班长手里接过了那封信,上面正是老班长那遒劲有力的字迹。我看的时候,热血一个劲儿地向脑门上涌动。老班长的意思是说:退伍这一个月里,他的心里一直留在部队,尤其是他们几个人在山上忙累了的时候,最想的就是能听一听全班唱歌的声音,还说拉一次歌,比什么都提神……

于是,我站了起来,挥动着手臂,嗓音都有了些声嘶力竭的成分。也就在这一瞬间,全班的歌声再一次汹涌澎湃起来:

我的老班长,我一直记得你的话,

我的老班长,谢谢你给了我坚强。

天黑我已不会再害怕,

再苦也不会掉眼泪,

我已经练成真正的男子汉,

如今也当上班长啦……

营长老何讲的一个故事

周六上午,例行营务会。

三个连队的主官们早早到了,大家愁苦着脸。也难怪,天长日久家无常理的,这样的例会还能开出啥新意来?时令上又是初春,本来就困乏的打不起精气神。营长老何一看,说进来吧,早完了各回各的,大家都还有事。

营部会议室也很简朴,除了制式化配置,也没见什么变化。几个连队主官的视线绕了一圈,只好又定格在老何的脸上。老何也没什么特别,早上刚刮过脸,原来浓密分布的络腮胡桩桩,像是知道了今天主人要唱一回主角,于是十分知趣地躲到那层晒得发红的皮肉里,只留下一副铁青色,在嗡嗡作响的日光灯下显得有些冷峻。会议开始,教导员刚开了个场,窗外就有了动静,像是下雨了。大家情绪有了异样,老何也知道,他们心里或多或少都有些事情,指望着例会早点结束。

如此情况之下,他一个营长,也不好说什么。

其实,会议的有关精神,在座的心知肚明,一到三月,还不是老一套?学雷锋呗。上级指示也下来了,前些日子教导员培训去了,老何就发了通知,今天来收集情况。几个连队的汇报,按部就班的没什么新意,纯粹是为了汇报而汇报。

老何急了:我看这样,大家每人讲一个学雷锋的故事,讲自己印象深刻的。

连长、指导员们面面相觑,这么多年下来,头一次这么开会的,这不成故事会了？大家拿眼去找教导员。

教导员刚培训回来,说是不大了解情况,也就没有多话,手里的烟头冻住了一般,半天里也不见吸一口,一缕缕浅蓝色的烟柱悠悠地往老何那边求助似的牵着。众人的眼光似乎受到点拨,齐刷刷地游向老何。老何一看,先前也没有布置,看来今天的苦心孤诣,绝对开不了花,更别谈结什么果了,干脆,自己上吧。

老何笑了笑:既然大家这么客气,那我这个当营长的只好抛砖引玉啦。不过我事先打个招呼,下次就该在座的诸位一个挨一个地来了,手下好歹也有几十号兵,哪个兵身上没几个故事,当主官的要是讲不出有关几个兵的故事,不大好说吧。

好在老何一开始就准备了这个故事。故事在16年兵龄的营长心里憋了太久。老何深沉的语调伴着窗外淅沥的春雨,在会议室的边边角角回荡着……

"那时候,我还在院校当学员班长,一晃十几年了。"老何瞄了一圈,大家都是期待的神色。老何的话匣子这才彻底地打开了:学员就是学员啊！学雷锋热潮刚一掀起,没等动员,下面就乱开了。我那时还担任着学员中队团支部副书记,因此更想露一手嘛。我和副班长统一思想,我们班就要另辟蹊径。人家班里都说要做几件什么样的事,我们不！我们先让每人写个打算,这样贴在墙上也好,送到小广播里炸一下也好,有一种无形的鞭策牵着鼻子,大家还不自觉干开了？于是我特意注意了自己的仪表,换上了崭新的鞋袜,召开这个意义特殊的会议。会上大家纷纷出主意想对策,众人拾柴火焰高嘛。其中有个叫马翔的,头一回热情似火,真让我感动。马翔自小孤儿,平日里一副僵冷的表情,没想到这回活了。既然这样,我就趁热打铁,说,明天把个人打算交上

来,我们力争第一家贴起来,再第一家在广播上亮相。

老何顿了一下,会议室里静静的,窗外的雨声也不知什么时候歇了,似乎也想潜进来听这个故事的结局:大家闻风而动,这下我更急了,全班都交了,就差马翔一个。怎么办?是他不会写?还是他不想做?会上他又说得好好的,让别人代他写一份,那成什么了?学雷锋,本身就是一个自发行为呀?一个个问号在我眼前晃来晃去的,真是勾心呢。一天走了,又一天没了,四周早已是风声鹤唳、草木皆兵,再不主动出击无异于坐以待毙。那几天里,我真的没招了,好话歹话说了一箩筐,就是不见效果。马翔还是那个马翔。大家都是学员呀,我这个班长也是临时的,几个月之后一出校门,大家还不是平起平坐?几年过后还不是各奔东西?眼下话又不好说得太绝,我只有发动大家,总不至于到头来闹个功亏一篑收场吧。终于,有天晚上,我发动全班向他开炮了。我把大家的打算摊在桌面上。那一份份似乎是战斗檄文的个人打算,在桌子上哗哗地向马翔泛着鄙夷的白光。"马翔,你的呢?大家都等了两天了。"

"就是这个马翔,他让我记住了这么多年。"营长老何的口气缓了好多:马翔在众目睽睽之下站了起来。他说,我的打算在这儿呢。说着,他拿出了他的那本政治笔记本,本子上也不见有什么打算,属于打算的内容一点也没有,里面干干净净的不见一处文字。只是,在本子中间,竟然夹了一块布一样的东西。"班长,这是我的打算。"马翔就这样交出了他的打算。天啊,这是啥玩意儿,怎么这么眼熟? 我接过来,这不是我前两天扔掉的破袜子吗?"班长,这是你的,我看还能穿,就捡了回来。你看,我洗好了,又补了一块。这不挺好的一双袜子吗? 我记得,雷锋生前也是这么做的。"

营长老何抬头望了望大家,说:就是这双袜子,它今天还穿在我的脚上,每到这时候,我总拿出来穿它一次。

教导员什么时候宣布散会的,老何记不清楚了。他还在沉思之中,大家围上来,想看老何脚上的袜子。老何的眼圈红了,半晌才缓过神来,连声说,算了!算了!!

大家出门的时候,一个个像在看着脚上的袜子。老何笑了笑,有好几次,他还想说点什么,想了想,还是没有说,说什么呢?又说什么好呢?

外面的细雨,不知什么时候又下了起来。一点儿,又一点儿,星星点点,如牛毛,如花针,如春天的绒毛,飘飘洒洒着……

挑 兵 记

第一批新兵刚一进院子,侦察连连长方明就动了心思。新兵队训练时,每次集合整队路过时,他都要盯上两眼,生怕以后挑兵挑走眼了。

下午,新兵大队肢解。直工处长说过了,侦察连年内有比武任务,每个排新兵都让他们优先挑上一个。方明可不想错过机会。当兵这么多年谁还不明白?兵嘛,一半是带出来的,还有一半当然是挑出来的。

新兵们坐在球场绿生生一片,好几个都被方明相中了,特别是跟前的这个,方明就拉了拉他的袖子,问出了名字,叫陈刚。

方明还想问他,不承想处长喊他过去,说是几个单位有些意

见,主官们过去协调一下。方明就对排长李志嘀咕了几句。

原来处长变了调子,说这批兵素质都不孬,挑来挑去的容易伤害自尊心,不过话既出口,每连就由一名排长出面挑一个,连长们不得干涉。

好在是侦察连先挑,这下让方明有底了。

李志不客气了:陈刚。

到!到!到!一下子窜出来三个同名的,一个个站得还直挺挺的。

这下咋办?连长又没说清楚。李志急了:你们有什么特长?

"我有三级厨师证书……"

行啊,放在炊事班搞伙食改善。

"我是校报特邀主编……"

不错,放在连部搞新闻报道。

"我是市少年业余散打王……"

好嘛,明年比武准备夺一块牌子。

方明回来后发现,这次还真是有点挑错了。一听李志说起这事,方明乐了:重名的这么多暂且不说,怎么都有特长?现在地方上的有志青年看来真是多了海了。这以后,挑不挑兵,真是区别不大了。

歌　　手

歌手是带兵的许连长特意从一个贫穷的山区带到部队的。

许连长说,部队里需要各种人才,像你有这样好的基础,在部队上好好干,有机会提个干应该是不成问题的。

于是,歌手就揣着一背包的梦想到了部队上。只是一下火车之后,就再也没有碰上许连长。倒是团里一搞晚会还有文艺活动什么的,连里就推荐歌手上去风光一下。

歌手的上场总是姗姗来迟,一般算作是压轴的那种保留节目。据说只有这样,晚会的掌声才会善始善终。

终于有那么一天,歌手在扛着下士军衔的那年头上,司令部直属队要搞一场大型的文艺晚会纪念什么,还说要请集团军首长们前来观看。可机关里大参谋小干事们也筛不出几个关键时刻能顶得上去的,于是这帮人就想到了来连队抓上几个能歌善舞的顶个缺口。

歌手在自己的嗓音里,读出了那晚坐在前排的好几个光板肩章上缀着一枚金星的首长们眼里的那份欣赏。晚会结束的乐曲声中,其中的一位首长握着歌手的手说:小鬼,唱得不赖,要继续努力才是。

当时,歌手感到全身有了一种触电的愉快感应。待到首长一行走后,歌手才怨起了自己:怎么不和首长说上两句,要是合个影那该多好啊。

歌手被宣布到退伍名单之列时，还一点儿思想准备也没有。歌手当时就在想，要是再有一场晚会该多好，那样自己也好为连里留下几首回忆的歌子来。连长说，不用了，我们会记住你的。我们也想你能留下来转个志愿兵，可是连队里也没这个编制，不要灰心，回去还是有所发展的，单是从你的才艺这一点上看，将军当年不也是肯定过吗？

歌手临上火车时还有点不解：不是说部队需要各种各样的人才，当了兵绕一圈就回去了，这才几年时间嘛。

歌手走后就是元旦。团里的晚会上没有了歌手，掌声凋零了不少。那个与歌手握过手的首长也来了，团长为难地说：歌手他自己坚决要退伍，还说了家里一大堆的困难，我们也努力说服了，就是没有留住他。

也是，好在这样的晚会纯粹就是自娱自乐，不需要什么专业人才，贵在参与，又不是参加全军文艺调演。首长想了想，也就没有再说什么，不过心里头也感到有一丝可惜的。

还有一个让人没有想到的是，这以后团里搞的好几个晚会，团长请了几次，也没有一个首长答应前来观看了。

风　铃

老兵们退伍的日子说来就来。

偏偏又不巧得很，上个星期，指导员又累得住院了，这下好了，连长忙里忙外的像个陀螺，又当爹又当妈的，没几天下来就折腾得不轻。没想到夜里查哨时,居然发现炊事班里的姜浩点着蜡烛不睡觉,正在自制一只风铃。

姜浩平时老实巴交的,三拳都打不出一个闷屁,应该是印象里最为听话的好兵。只是这种平时看似听话的好兵,一到该走的时候,说不定做出来的举动就会让你大吃一惊。

老兵走得很平静,一切都是按部就班,平静得让连队干部都有点不自在,看着空空的连队,他们还不敢相信,一年的老兵退伍工作就这样没了?连长想想也是,这批兵走得太平静了,少了点曲折性的内容,比如说那个姜浩,临走还挨了自己一顿不留情面的批评,居然脸上也没有一点不解的反应。

老兵走了连队里空了,连长有空了就立马去医院看望生病的指导员。指导员恢复得也快,闻声迎出,一挺身偌大的一串风铃,在指导员的床头叮当作响。连长眼熟,一下子就认出来了,这是姜浩的杰作。

两个人于是就互相笑了笑,想不出其他的什么话了。

老兵走了有一阵子,连里还是缓不过劲儿,每周的连务会,大家说着说着就不大习惯,似乎一个个都走神了。有时会议间隙,总有人会跑过去打开窗子,像是候着什么人。窗户一开,就会弥漫起那久违的歌声。那首无字的歌曲悠悠长长不绝如缕,听着听着,就有人想起了姜浩,想起了仿佛是在外出公差过几天就要归队的那批老兵。

那时候,会议室里静静的,唯有那几串风铃,有一搭没一搭的,一声声述说着那些永远不曾远去的与老兵们有关的日子。

站长"小白"

新来的站长本不姓白,可私底下大家一直都这么叫着,叫着叫着就顺了口。理由也简单,站长从军校分配下来报到的时候,是7月份。连队刚从外地演习归来,几十号人风吹日晒地站在一起,那一排脸庞扎堆着,简直就是一堆窝黑炭;独他一个人,扛一副学员的红牌牌肩章,脸蛋白嫩得都能捏出水来,嘴边连一丝胡须也没有。

我们连队是电子对抗分队,下边不设班排,站长既像是排长又如同班长。原来,我们站长由黄勇代理着,黄勇是个老兵,第五年了,如果再顶着代理年把,有可能还有戏。黄勇体格壮实,手榴弹一扔就是大半个足球场,那么远的谁都怕捡。

我们连驻扎在九里山下,山窝子里风大,每到夏秋总要牺牲一些窗户玻璃,大多是风钩没有挂实的缘故。还有门口的草坪,老是被踩出几条岔道,是通往球场的,大伙儿一急,总是想抄近路。站长"小白"一有空,总喜欢站在屋檐下瞅,看看有没有窗户的风钩,一双手按这按那的。二站常常忘了这个事,有一次,是双休日,天热,也有些风,站长"小白"就索性站立在二站的窗口,边看边陪着他们打牌,手就扶着那扇挂不实的窗户。后来,黄勇捡牌时看到了,一时不好意思起来。

又到了夏天,黄勇转了志愿兵,站长"小白"也换了肩章,是一杠二星的中尉军衔。肩章上倒是有了区别,但是脸蛋儿却被大伙儿同化了许多。

有一个傍晚,黄勇正与列兵谈心,说着说着就坐到了草坪上,还没说几句话呢,就见站长"小白"在屋檐下望着他俩在笑。黄勇的脸有些红了,好一个站长"小白",不愧是从院校里毕业分配下来的,懂得在列兵面前为他这士官留足面子。

入夏的草长得疯狂,转眼那方草坪就如绿毡子一般,平坦得惹人生怜。秋天说来就来,而连队这几个月里居然没有碎过一块玻璃,大家不知不觉养成了习惯。有时候,二站的兵们在屋子里打牌时,总要不自觉地往窗外望上一望,以前这个位置,好多次都立着站长"小白",现在,这里空空的,只有悠悠的风。

大家这才想起来,站长"小白"是9月初离开连队的,去院校读研究生了。这么一想,站长"小白"离开都有一个多月了,日子还真的不经过呢。

便衣"检查"

说起来,怕是十多年前的事了。

现在想起来,那天的七班长简直悔断了肠子。早知道指导员这么急匆匆打来电话,说什么他也要守住电话机哟。可当时他太累了,难得一个周末,就匆匆给新兵周震交代了几句,自己和几个老兵甩老K去了。等到周震喊他接电话时,电话机却闹起了情绪。接下来的七班长如热锅上的蚂蚁,那部老掉牙的电话就是一副死猪不怕开水烫的架势。

那是驻守在外的七班长他们和连队保持联系的唯一纽带。

七班长是指导员经过筛选后,派他驻扎在离连队40里开外的农场的。他这人就是老实听话,放"单飞"让人放心。那时候的各连都有个农场,平日里轮流点兵料理,一到农忙季节总要派兵加强的。

好好地要做什么检查?七班长叹了口气,又让周震回忆了一遍。周震急得哭了:指导员就是这么说的,要我们明天派个代表去做检查,刚说一句"便衣"就听不清了,还说今晚八点就开始准备。

糟了,七班长一听,头都大了。他想起来上星期去连部,指导员说近期集团军组织军容风纪大检查,军师团三级要派纠察队,重点是像他们这样的小散远单位。要是给上面逮住了记下名字,全连一年就白忙了。可到底谁穿便衣惹事了?指导员没点名,是不是考验我们?连队隔这么远,又在乡下不通车,还没个地方线电话,怎么完成任务?

军令如山啊。印象中指导员说话向来板上钉钉的。眼瞅着八点到了,只有选一个去吧。

七班长召开班务会发动大家自查自纠。可又想起来,本周外出的都穿着军装呀。管他呢,有枣没枣打一杆再说。

全班8人面面相觑。这并不代表没穿便衣外出啊。上面军师团三级检查组,可不是闹着玩的。"上面给了我们一个指标,说什么也得无条件完成。必须今晚解决战斗,实在找不出,只有无记名投票了。"

"要是当面不好说,私下也行。"好久没见动静,七班长抹了抹满头汗珠:就这几个人,有什么当面不当面的?干脆,谁发扬一下风格担当下来,大家自然也忘不了他。

周震颤巍巍地站起来:班长,上个星期我会老乡,老乡们坐14路时都穿便衣,说这样在车上,不需要一上来人就让出位子。我也就……

咦,还有意外收获?只可惜一个新兵,怕到时候顶不住,得放长线。七班长说:继续挖一挖。陈勇根,你是不是被纠察抓过啊?

陈勇根来自江西老区,胆子却一点不像当年闹红的江西老表,眼下一心盼着能熬上个三期士官。七班长点他,是因为在连队时,有次他对象来队,死活要他带着逛街。陈勇根怕一不小心这件好不容易找上门的好事黄了,只好向七班长借一回便衣。为此连里一直有人拿这事笑话他。好在这次陈勇根承认他穿便衣外出过,"可那次理发,也是班长你批准的啊"。

老王啊,该你了。反正你不是年底退伍吗?七班长黔驴技穷了:老同志嘛,又是党员,就当回董存瑞,为了咱新中国,舍身冲一回吧。

王老兵关键时刻还是挺身而出。不过他也有个条件,就是让全班每人给他洗一个星期的臭鞋子。别说鞋子,就是加双袜子也不为过。不过,让王老兵怎么去做这个检查呢?可别偷鸡不成蚀把米啊。于是七班长挖掘全班智慧,他把大家盘点出的"错误"进行"合并同类项"后,又让周震连夜润笔"归纳",七班长亲自试读启发,直到王老兵念出一种如泣如诉的境界,大家才如释重负。

第二天一大早,全班像是欢送勇士出征似的,齐齐儿将七班长和王老兵送上征途。两个人一路跋山涉水到了连部,指导员愣了:正要派车去接呢?不是说来一个代表?怎么来了两个?怎么?这么快那首歌就学会了?

这是哪跟哪啊?七班长有点丈二和尚摸不着头脑了:不是说派个代表,来做什么"便衣检查"吗?

哪是这样的"便衣检查"啊？指导员一听，笑得身子一抖一抖的：我是说让你们派个代表参加明天团里的大合唱，我们连参赛的自选歌曲，就是那个"几度风雨几度春秋……"电视剧《便衣警察》的主题歌嘛！我打电话是让你晚八点组织收看电视连续剧，先跟着电视哼一哼，这歌多时髦，一唱准火……

就这么个"便衣检查"啊。七班长一时梗在那里，半天也说不出话来，直到现在，他还觉得由于自己的"草木皆兵"，对不起那晚的全班弟兄们。

告诉你们吧，那个老实听话的七班长，就是我啊。

上铺·下铺

列兵陶建平刚分到六班那天，看到靠近墙角那张床上下铺空着，于是就留了心眼。见班里的老兵们不在，新兵们正散在屋子时，他就想着来个"先下手为强"，抢先一步占了那张下铺。

这下好了，省得晚上老是担心会掉下来。今年先稳住了这个床位，明年自己也是老兵了，看谁还要我起身让铺。正想着，班长进来了，朝他望了一眼：那是副班长的，他马上从四班搬过来。

没办法，陶建平只得上去继续提心吊胆了。头回睡上铺时，胆小的他就一晚上没敢睡，这以后悬在空中一般，好多天里就是适应不过来，一动就翻身，一翻身就是嘎嘎响，自己出了一身虚汗不说，得罪了老兵们，哪来的进步？于是大半年里没睡个囫囵觉，连做梦也是一个个省略号。

一个年头好容易挨过了。又有新兵分到五班。班长出公差了,新任五班副班长陶建平的床铺没来得及搬,就去匆匆领回了几个新兵。他见一个新兵盯着本该属于副班长的那张下铺,估计也有个什么恐高症之类的胆怯罢,于是就没再阻止他。晚上,陶建平搬过来,两人推让了一会儿,后来还是新任的副班长下达了平生的第一个口令:执行命令。

班务会后又是排务会。排长刚要表扬五班副让铺的话语,被他一声"报告"折了。陶建平说,他担心半夜里有人睡不着,要是新兵们在上面"煎烙饼",又不好说他们,反正自己习惯了,比他们安全。再说……

再说什么?班长们笑他。

"再说,好歹自己也是副班级待遇,属于领导层。上层建筑嘛,还下什么基层?"陶建平话还没说完,那边早已笑成一团了。

象棋的故事

我去医院办理住院手续,在三楼找到3床,刚收拾停当,见窗台上有盒象棋,已是很旧了,看看里面还少了枚棋子,正要扔了,4床的中校说:别动,那是波波的,波波离不开它。

没想到7床的波波是个黑瘦的列兵,脸黄得出奇,牙倒显白。波波见来了新病友,话就多了,多是自诩棋艺高超这类。可是棋瘾也大的我从中校的笑容里悟出了名堂,斗胆应战,终于拿下了他。好在波波也没恼,笑嘻嘻地拿着扫把忙开了。

我这才知道,先我而来的病友间已达成默契:每天出人与波波弈上一局,输者承包病房内的这些类似家务的活计,无非是打开水、发报纸、扫地什么的。

住院的日子单调无比,身子骨躺久了浑身都不自在,于是,下棋自然是最好的消遣。一般多是在午后的阳台上,这也便于晒太阳。自然又是波波独战群雄,而印象中总是盘盘精彩。原因是大家都怕输,这才拼命抵抗。好在波波多是要走那副少了一子的红棋,这显然便于我们暗中屡做手脚。波波悔棋的样子很特别,脖子紫紫的,筋凸得老高,与中校他们争执着,这和在床上打着点滴的他简直判若两人。

我要转科的消息,不知他是怎么知道的。波波过来说要弈上一盘钱行。事后我没想到波波的那盘棋,下得简直是环环相扣滴水不漏,一直自我感觉良好的我毫无还手之力。这让我深感蹊跷,波波这才告诉我,他在家真的拿过K市的少年冠军,家人们都想让他能在棋艺上有所发展,可他还来当了兵,分在一个后勤分队,管着几百亩果园。说话间他又很费力地吐了痰,依然带有血丝。他说他想早点回去,那儿离这有一百多里,果园今年才挂的枝,人手紧呐。

难怪中校说,一连几个月也没人来看他,他也不见怪。

我出院后再去看望病友是一个月后。中校说,波波转院了,是去军区总院。中校还告诉我,波波这名字也是病友们给他起的,叫惯了连他的真名大家也忘了。还有,医生叮嘱过,他这个病,最好不要让他赢棋,赢了之后就没有什么进取心了,这对于疗效不利。谁知你竟背着我们和他单下了一盘……就说这副象棋,也不是波波的,听护士讲,怕是搁在这儿有两三年了。

我这才注意到那盘棋还在老地方,原先丢掉的那枚棋子已被波波找了只药瓶盖子换上了。棋盒上已有了浅浅的灰尘,像是有好长日子没人摸过它了。

风

最初我们分到四班的时候,大家心里也没有多少兴奋。新兵一下连,分到哪个班不是班?所以,我们几个新兵蛋子一推门,看到屋子里空空的,扭过头来一脸疑问的时候,连长说,班长帮我们拿行李去了,一会儿就来。

于是,我们几个就愣在那里,靠门口一张床的下铺上面,一床豆腐块一般切成棱角分明的绿色军被,分明在说,这是一个内务卫生挺讲究的主人。

当那个抱着几块枕头板进屋的人,与大家一打照面,我们多多少少有点失望:这家伙满脸酱黑,要不是有一身军装,往戏台上一站,扮演一个包公之类的角色,几乎不要化妆;乍一看,浑身的乡土气息,能带得好我们吗?

头几天少话,班长把我们每个新兵的被子叠过一遍之后,又让大家一一拆开了重来。有人迟疑着,那床被子平时在我们手里一点也不听话,怎么到了他的手里,横平竖直的那些边边角角如刀切的一样,实在是不忍心,也有点舍不得。班长无语了,只得默默地走到门口,抖散了自己的被子,再悄悄地叠了起来。

只那一个动作,我们都坐不住了。

晚餐后回屋,外面的风悠悠的,大家想,这样的一个好天气,

该不会再折腾被子了吧？哪里知道，班长的目光锥子一样，直盯着许正的被子，眼神油亮亮的，像是在寻找着里面的宝藏。我们齐齐围上来，想听听班长说道说道。谁知他一伸手，把这床被子拉了拉：谁让你喷了这么多水，还这样压着板子？

许正脸红了，他有个刚刚退伍的哥哥。这个主意，一定是哥哥透露的。

好长时间，班长没说一句话，谁也不知道他想要说点什么。悠长的熄灯号划过上空，好久了，我们也没睡着，心里想着班长说出那句话的意思。就着月光，我们还看见班长不时地翻着身子。

门口风尖，班长夜里换盖的，就是许正的那床被子。只是，那床潮湿巴巴的被子，怎么能睡人呢？这样一来，班长会不会生病？

卫　生

星期六早上照例不出操。起床哨一响，又是搞环境卫生。几个月了，这已经成了不成文的规矩。其实环境卫生也没什么搞的，又是夏天，柏油路干干净净的，没什么好扫。那也得搞啊，总不能让这么多学员歇着，干脆搞门前的草坪吧。

草坪要搞起来也挺费事。早上虽说凉爽，但一动一身汗，大清早在这里耗上半个钟头，原本不多的时间又给挤得紧巴巴的。

说起来草坪也不算大。中队刚组建时，还没有草坪，尽是一些细尘飞扬的沙子地，风儿一多情，沙尘跳起不歇的舞蹈，绝对是幅难堪的风景。赶巧那天师长看到了这种别样的沙尘舞，于是就拨了笔款子,于是就有了草坪。

星期天晚点名说一说环境卫生,似乎成了中队的一个程序。这时候就要点到十一班。四周就那么点草坪,十一个班平分,一个班就那么一小溜,不多也不少的一块。也别说,每班又发了一把大剪刀,一大早像是给草儿们理发一样的忙,还就是十一班剪得齐整。这草儿一齐了就是好看。据说草种还是从美国引进的,图片上是蛮精神的,只不过有些国产的草儿们有了意见,也趁机挤进来坏了"海拔",这一来,也让学员们早上有了打发的去处。用队长的话,就是:闲在屋子里乱糟糟的,还坏了内务。

秋日早上的时光就更显宝贵了。考前备战期,早上记记背背那是再好不过的事,可草坪又不能不搞,学员们觉得怪可惜的。剪来剪去,不就是那些杂草吗?你剪得快它冒得也快,不如拔掉算啦。

这么一想就真干了。星期天表扬的时候,又是点了十一班,说那草坪整的,一根杂毛也没有。

又到星期六,一大早,十一班就闲了,有的在班里背书,背累了就隔着窗户看人家剪草。区队长急了:不行,好歹动一动,搞卫生是队里统一的,都得出去。

只好出去了,也的确是没啥干的,又不习惯做个样子。几个人打了个秋风,回来了。

星期天的表扬从十一班的头上滑走了。

滑走了也没什么。不就是一声表扬吗?几个班也想通了,都来十一班取经。这以后,草坪的杂草自然而然地消失了。那么多大剪刀也改了用场。于是就剪黄杨条,也有的剪树枝,这样的早上就多了些韵味,早上的环境卫生,偶尔才去草坪上伺候一下,足够了。

草坪平整呢,有啥好搞的？渐渐地,点名就再也不说草坪了。

星期六的早晨从此轻松了许多。学员们看书的时候,偶尔也想:当初怎么想的？一百多个大活人,竟然给这么个草坪折腾得够呛。

鱼,我所欲也

通信员杨威是北方兵,对江南的鱼水之乡情有独钟,每天吃饭时特别馋食鱼类,属相该为"猫"儿才是。好在新来的指导员来自江南水乡,平日里讨厌吃鱼。每次餐桌上有了鱼,杨威都能吃到双份。

夏天来了,学校要放两个月的暑假。指导员的老婆是个小学教师,家属来队里常托上士买菜时带上一两尾鱼儿回屋。老师住的是团部统一协调的家属院,兵们不方便前去,这一来二去的,让杨威感到蹊跷,心里老是嘀咕着这到底是怎么一回事:指导员夫妇两个人来自江南老家,怎么口味差别这么大？偏偏老师也不顾及指导员的感受,这日子怎么能过好呢？

一日,上级突然来了电话,杨威只得去家属院里叫指导员,刚要进屋,屋里有了指导员夫妻的一番对话,声音可是悄悄的,好在也能听得清:

"馋猫一样,几辈子没吃过鱼似的。"

"你还真说对了,连里的通信员小杨在家里没怎么吃过鱼,每次我那一份,都让给他了。"

"我没来时,你就不能自己单独买点?"

"哪能?这要是露了馅,小杨以后还会吃我那份?"

比　　试

就为了一句抬杠的事,连长绝对没想到,全连正在菜地里劳作生产时,突然冒出来一个兵,要与自己比试一下:这都什么事啊,现在的兵也太胆大了。

指导员分明就是一个搞事的家伙,居然一下子把气氛调节得异常火爆,无形中等于将了连长一军:这要是不接受这个兵下的"战书",本连长以后还怎么发号施令?

膀阔腰圆的连长挑土担粪的气场,在集团军直属队那可是小有名气,多年以来也无人所及。连长当新兵时就有了一副好的肩膀,据说这也是当年提干时的一大"政绩",十几年下来依然让他十分自信。

结果,一场比试下来,连长本人输得很不服气,但实实在在地也让他没有脾气。不服气也没辙,众目睽睽之下,眼前这个看起来瘦巴巴的兵蛋子,一个先天条件明显不是自己对手的家伙,这才上手了一两趟,自己没走几步就气喘吁吁,简直有了些自取其辱。

劳动收工的哨声响了,一连人马回营,连长独自一个人落在后头。连长想,自己才三十出头,正是身强力壮血气方刚的年岁,怎么说输就输得一点也没有脾气?往日那种气吞山河的感觉哪去了?

指导员也笑了:我也不敢上场比试,咱俩都是放得久了,一下子适应不了呢。

连长恍然大悟:"说的是呢,这一年半载的,老是开会准备这个材料那个报告,动嘴的时候多了动手的时候少了,君子似的怎么能带兵?成天忙来忙去的,到头来也不知忙出了个啥。咱们都是带兵的人,还有什么比士气更重要的吗?"

两个人一时无语,唯有步子沉重的声响,一声,又是一声。快到连部了,连长叹了口气,觉得自己有些委屈,也有些惭愧。

点　　子

这才当了几天的兵?整个新兵连,有几个像这个彭杭?新兵蛋子,一身的奶腥味呢,可就是鬼点子多,眼睛一眨就出了一大串,班长们都拿他没办法。

这次,听说招兵的部队是苏北徐州那地方的,彭杭就想那地方冬天一定贼冷,于是就生了个点子,偷偷地在背包里塞了条衬裤。哪知道一到部队,才觉得发放的那种长衬裤又柔软又保暖,自己从家里带过来的这条根本派不上用场,还没有地方存放,于是,也就只好叹了一口气,悄悄放进了自己的枕头包里。

新兵连炊事员少,逢双休日每班轮流着帮厨。这次轮到九班,一番活干完了就要走人,独他一个人看到了灶壁上的百十块瓷砖一直黑着个脸,像是有一脸的委屈还苦大仇深着,突然他就生出了一个点子。他擦完后坐下来独自欣赏:好家伙,那些瓷砖们媚着脸儿笑得正灿,挺像那么回事。这边心里正美呢,不想袖口处冰凉,两只套袖无意之中被脏水蘸得湿漉漉且黑兮兮的。这咋办?这个护袖可是炊事班长的,他们明天一大早上岗时要是再用的时候发现了,会怎么说?

只有洗了。洗过之后,他又想:这大冬天的,又没个日头,明天哪里干得了?

回班良久,彭杭闷闷不语。就寝时头一挨到枕头包,他心里暗自窃喜,点子又来了:把家里带来的那条衬裤齐膝盖处剪下,趁炊事员封火之际,猫着腰塞进伙房里去。

躺下,还是不行,干脆来一个调包得了。这点子不错。彭杭索性又把那潮湿的套袖收了回来,免得炊事班老兵们产生疑心。这下,总可以睡踏实了,有了家里带来的衬裤改成的套袖,下次轮到九班帮厨时,就可以放心大胆地干了。

没想到夜里,彭杭还是突然惊醒了:糟了,忘了换上牛皮筋了,这可怎么办?新兵连又不能外出,这下麻烦了……看来,明天一大早还得想出一个好点子才是。

阿 满 其 人

阿满是个老兵,没事儿喜欢唱歌,还有就是写信。这不,话还没说上两句,调子就飞出来了,还是那个曲儿:《笑脸》。

阿满给燕子写信时，总是这样哼着小调。似乎不这样，这信就写不出来。兵们见了，总是乐呵呵的：咱班长，赛谢东呢。

谢东，就是唱红了《笑脸》的那个歌星。这个阿满知道，阿满不知道的是燕子的心：这事，要不要跟她透个底？哪怕是三言两语的就成。

于是写出了一行：没办法，今年还是老情况，春节，回不了啦。

其实，这也是指导员过来刚告诉他的，处长说明天就过来找他。阿满一笑，肯定是关于新兵队伙食的事。

阿满是炮兵指挥连的炊事班长，肩上扛的是一通直杠通到底，上头还蹲着一只小海燕。有兵说，像是一个写长了的"小"字；也有兵说，那是一个写出了头的"个"字。"小"也好"个"也好，都没啥，小兵一个。革命战士一块砖，哪里需要哪里搬吗？阿满总是一笑，哗哗的如流水一样直乐。

燕子可不这么说。燕子会形象地比喻，还能想出来不少，什么像飞机、像箭头等等，一串串的，总是鼓舞人勇往直前的那种。

燕子说的当儿，那脸是笑着的。阿满每回都想唱那首《笑脸》，一声声，往心里夯实着，狠使劲儿的那种，一点也不带虚的。一不留神，阿满出了腔嗓子，脑子里的那些笑声，断了，脸上还涟漪层层，浪打浪一般，尤其是那眸子，忽闪闪的，绝对的黑葡萄。

那葡萄，水灵，将来保准儿不酸。阿满想到这，心里甜滋滋的。

"葡萄"芳龄24，熟透啦，家门口想摘的那些后生，一个个挤破头呢。两个人，都耗了3年了，一直这么着，都急，总计算着：趁过春节时办。腊月正月的，都闲，好好闹闹，菜都是现成的，亲朋好友们也方便请，还能图个俭省。

只是每回这时,阿满都在新兵中队。新兵中队人多,大锅菜,一般的兵抨不动锅铲子,有的操起来,没几圈,人都快要瘫倒了。新兵们头一次离家到了队伍上,没几个拿手的绝活菜,人家一个个蜜罐子泡大的嫩娃娃,谁能保证人家不想家?

整个九里山,这些年,有一大半兵都尝过阿满的手艺。阿满,三级厨师,凭自学的本事考上的。

九里山下住的是集团军直属队,归直工处管,新兵中队的炊事班长,一直都是处长点的将。

头茬的新兵,下个星期一到。

这事,也别瞒着燕子了。信刚写到一半,处长来了:阿满,现在,我命令你准备探家,一个星期后立马走人,连里已经批好了你的假。

阿满有些急了。处长说:今年不能再这样了,你不想回家也不成,都连续三个春节了,家里哪能没事?假话,你都28了,结婚还想往哪里推,是不是想变心当陈世美?再这样下去,人家女方都有意见了,这个把星期,把几个炊事班带一带,突击加个小灶,看看你的徒弟们的烹饪水平差不多了,就马上给我走人。

再怎么着,自己这么拍拍屁股就走,心里不踏实呢。阿满还想再说上几句,不想处长已经走得老远了。

债

像是有只小虫子在心窝窝里慢慢地爬,那种感觉真的就是"难受"这两个字。这些天来,这两个字一直强烈地折磨着列兵小李子。小李子想:欠债的心情咋就这么难挨呢。

这笔债,是欠班长刘星刚的。

班长的军校录取通知书下来了,过几天就要走人,怎么办?小李子为难了:老人古话,人走债不能走,可就只剩下这三两天,怎么个还法?

新兵下连那会儿,小李子就准备好好地还上班长的这笔债,哪能欠债不还呢?可是到现在也没有找到一次像样的机会。有几次站夜哨,交接之间,小李子特意贴在窗户上看,班长的睡姿特实在,要是接下来是班长的哨,自己悄悄地替了,该多好。

今夜,就有班长的哨,还是子夜,也是班长在连里的最后一哨了。小李子早就在邻班那里悄声儿说妥了,到时候那边交哨过来,就直接叫上他,他要顶替班长一回,心里才好受些。新兵连那三个多月,刘班长没睡过一个囫囵觉。怪自己呢,没哪个夜里不蹬掉几回被子,在家里连父母亲都说得有些烦了。

新兵连自己一冬未受冻,多亏了班长想了不少的好法子。后来,新兵连结束时,班长还不放心,没舍得让他分走呢。

小李子这次刚一上哨,只一小会儿,刘班长就赶来了。

小李子急了:班长,你怎么来了……

见班长一脸的疑惑,小李子这才说出了自己的心思,三言两语的十分简洁。

班长一笑,轻轻的,微风拂面一般:还这么小心眼?照这么说,我也欠了我的老班长不少债了?我的老班长又欠了我的老排长许多债了?这样推算下来,何时是个头?咱们这支部队就是有这么个传统,还愣着干啥?有啥不懂的?慢慢地,时间长了,你也当上班长了,就知道人这一生总会欠上这样那样的债,咱当兵的人可不一样,欠的这笔债根本就不需要偿还。如果要还,又是怎么个还法?

环　　境

一晃,海都是第三年兵了。

海参军前档案里写的特长是"书法"。其实自己也知道,充其量只是个业余爱好者,原指望到部队有所发展,哪知道班排里根本没有整块的时间。

唉,认命吧,也没个好环境,等以后退伍了看情况吧。

好在自己是老兵了,适应起来也快。这以后渐渐有空了,就是不大想练,铺纸润笔什么的麻烦死了。一到周末假日,空儿多了,大家各顾各的,环境也不安宁,好容易练了一会儿,心里毛了,有人甩K时喊"三缺一",连忙屁颠颠去了。又是大半年下来,牌也打得油了。有时说到书法,边上就有人圆场:你这样的水平,还不行吗?要是像我们,更菜呢?反正现在写什么都是电脑,好多

人连名字都不会写了。要想练书法,以后有的是空。

海一想也是,随遇而安"打成一片"吧。这么想着,心里也实在。某日,还有半个小时开饭,报纸来了。海看到副刊上有一篇小说写得怪好的,似乎说的就是他们班里的事。看看作者的名字,竟是明。大家起初都不相信,可一看文中的人名、地名还有事情都是他们班里发生的,这才想起来,平日里明动辄就趴在炊事班里写什么,一开始他们还以为他刚刚"怀春"了呢。

这么一来,海心里痒痒的。明和他是同一辆火车拉来的。那时候写个家信还向他问这问那的,要说炊事班,环境就更吵了。

又到了周末,海早早就坐在窗前练起了书法。牌友们找来,他还没有发觉。一个牌友从他的肩头上望过去,发现海正写得十分努力,一笔一画似乎力透纸背,满纸都是那两个字:环境。

"物理学家"

"物理学家"得名于新兵连。

有一次,某兵体质较弱,一趟五公里下来就躺倒了,浑身发烫,胡话不断。偏偏队里的电话又坏了,去师部取药的卫生员又被大雪封在山下。新兵中队长如蚂蚁般团团乱转。正在这时,我们的"物理学家"轻描淡写地说了一句:没事,没事。中队长见了,没好气地说:新兵蛋子,一边晾块去。

"物理学家"倒好,一点也不生气,还是不紧不慢地说着:包好包好。那口气像是鲁迅小说名篇《药》里的康大叔。中队长仍不放心,可又不懂医,只好由着他了。整个过程也没见他怎么弄,就是灌了半碗姜汤,捂上几层被子,剩下的就是守着,见兵一醒,就喂盐水,一次喂上一大碗。翌晨,你猜怎么着?那个新兵起床,换了身内衣,说,好了。

中队长蒙了:你在家学过医?"物理学家"不咸不淡地反问:难道中学时你们就没学过初中物理?$Q_{吸}=Q_{放}$,受了点冷发了点热,不该是他的放出来就得了,冰天雪地的有那个必要折腾吗?

一句话呛得中队长没鸟脾气。

后来,大家才知道这位真名叫薛务礼的新兵蛋子,在家时就偏物理,再加上他名字上的谐音,时间一长,"物理学家"就横空出世了。

新兵中队里用到"物理学家"的地方不少,尤其是电器方面,这使他的知名度一路飙升。一开春是共同课目训练。起初的"双杠一练习",绝对要体力,一气撑16个才算优秀。平日训练,总见不费力气的"物理学家"一脸的轻松,可见其对力学,特别是对惯性有很好的研究,引得身单力薄的新兵总想讨教些"绝招"。

真的到了上级考核验收时,点的就是"双杠一练习"。"物理学家"达到优秀的过程颇有点艰难,可惜的是师里的此项纪录也被兄弟中队破了。这让赛前一直牛皮哄哄的中队长脸上有点挂不住,铁青着脸要训他,以后再也不要乱"物理"了,还要班长给他开小灶。班长像是委屈了,说:我们的"物理学家"没啥可说的。中队长你知道吗?考核那天他悄悄地在腿上绑了一对蛮沉的沙袋,足足有二十来斤,你们有几个知道……

戒烟的故事

列兵春生分配到八班的当儿,就发现班长烟瘾太大,档次还高。每月一领工资,就要拿出一小半,让王龙去军人服务站,帮他买上两条存放起来。你看他两个,没事躲在一边,香烟一掏出来,就对火点上,亲热得不行。

春生晾在一边,心里不是滋味:一个月花这么多钱,这要抵我家多少垄麦子啊。

每天下午班里组织读报。春生在腾腾烟雾里读得费劲,王龙笑他:也来一支?男人不抽烟,比女人长胡子还难看,干脆大家一起,大块吃肉大碗喝酒,战友战友亲如兄弟,习惯成自然嘛。

春生抵挡不过,也来了一支,呛出几大颗泪蛋蛋,就掐灭了。班长无论怎么开导他,都没有效果。报纸读完,春生后悔了:这下麻烦了,班长是个老士官,连长都让他三分,人家亲如兄弟不说,自己还得罪了班长,怎么进步啊?

春生想通了,日后读报也狠心揣了盒烟,余光瞄着班长。读了几段,见班长在摸口袋,立马递上一支。王龙凑上来,点上,吐出一个烟圈:档次不低嘛,没给咱八班丢面子,进步得真快呀。

春生喜滋滋打着了火,等班长上来点。没承想班长一口气吹熄了打火机,手上的烟卷在鼻子下嗅了一会儿,说,这回,我决心真的戒了。

大家愣了:怎么说戒就戒了,上午不还抽吗?

班长起身开了窗户,任满屋的烟雾随风散去。因为他从指导员那里刚刚知道,春生的家里遭了灾,民政部门的那点救济顶不了用,连里正准备号召大家捐款捐物,尽量把抽烟的钱省下来,多帮助一下战友。

班长说,指导员,不用动员了,这次,我下决心戒了。

这以后,八班就再没人提起抽烟的事。

年前,班长的老婆带孩子来了,还有点不相信:你真的戒了?原先劝了多少回,你就是不听,这回,谁的话这么管用?

关于伙房维修问题

这样的伙房,早就该修了。

集团军后勤部营房处的胡助理下来检查那天,蒙蒙的春雨正书写着浓浓的诗兴。一连伙房的地面上还残留着斑斑泪痕。胡助理不高兴了:旧是旧了点,旧而不破嘛,没有你们向处长汇报的那么严重,一点小困难就撑不住了?还革命军人呢,老红军当年天当房地当床的那些传统,你们都忘了?这样下来怎么与时俱进啊?

连长汇报说:现在看起来,倒没什么。只是冬天一化雪,叮叮咚咚的,多亏司务长带人修修补补呢。

本来,这处伙房都是准备去年那会儿一道修的。谁知修到一半物价涨了,施工队跑了,工程只得停了。司务长急了:要不,我

们自己找人修,从生产费里出?

支委会上通不过:就这点家底啊,也汇报过了,再挨一挨吧。

偏偏事情还是出了。有一夜,风雨交加,伙房极不情愿地耷拉了一条膀子。幸好是子夜里,没伤着人,只压坏了两张桌子。

还别说,第二天上面就来了人。第三天就来了施工队。

兵们训练之余欣喜的是施工的进度,有时捧着饭碗过来也指指画画的,倒是司务长委屈了:团里说了,集团军营房处建议团里说,要给他一个处分。

原因是那两张饭桌给砸坏了,司务长是责任人,说他失职,怎么也不为过。毕竟事情出了,总得找一个人担当一下嘛。

通信员牛牛

我们连队去山界野训的那几个月里,住的是原先撤编部队的废弃营房。那种破房子,怎么说呢,外面还没起风呢,里面那些通过缝眼钻进来的风,就直吹得人浑身不自在;哪怕就是与对象有好一阵子没有通信了,心里憋着一肚子的话,人还是坐不下来,想写一封信还真的要有天大的耐心才是。

偏偏连里的通信员,每天都是在吃过早饭之后,总是准点叩开每个房间的门,递进来一副甜甜的笑脸:有信吗?

这家伙,这不明白着气咱们吗?

可是,望着牛牛的笑脸,我们也没歇了气。牛牛一笑,两酒窝浅浅的,两虎牙灿灿的,两眼缝细细的,天生通信员的料子。大家都说:牛牛,干脆我们送到连部去,省得你太辛苦了。

牛牛又一笑:哪里话,让你们天天等着,不好意思呢。

要不是因为石浩,牛牛有可能就这么一直微笑下去。那些天快到石浩的生日了。石浩原先是连里的业务尖子,后来抽调到南边的一个军区去了。临走前大家约定了要给他过生日的,就执笔填了张生日贺卡,40多个名字挤得密密麻麻的。也该那天有事,连里早上去家属院突击搞卫生,上面一个副参谋长要来检查,生日贺卡写好后就搁在桌子上等着牛牛来取,后来不知是谁担心影响内务,就收了起来。生日贺卡再露面的时候,就是寄特快也快不起来了。

牛牛知道后就脸红了,像是做错了什么似的。那晚自由活动,他悄悄钻进了工具房,一只精巧的战地信箱出世了。牛牛这回笑得彻底了:这下好了,大家以后再粗心,也粗心不到哪里去了。

信箱挂上去了,起初有段日子,大家还有点不适应,信写好了还搁在那儿,等着牛牛轻轻地叩门,再递过来一副甜甜的笑脸:有信吗?

小胡这个兵

列兵小胡刚下连队的时候,见到老兵时都抿不住一笑,一对小虎牙若隐若现的,完全是一副讨人喜欢的样子。几个班长心里都想要他。连长问他:想去炊事班吗?小胡又是一笑。就这样,小胡成了炊事员,忙起来的样子也是怪可爱的。

一晃就是春节。连里要进行文娱活动。连队在整个直属队一直盘踞棋王宝座,遇到本连棋赛,大伙儿见没多少油水,报名的就少了。文书到炊事班登记参赛人员名单时,小胡正在刷锅,班长催问,小胡说,随便报个吧。

小胡说:那就看哪一项人少,我就参加那个吧。

文书说:那就象棋吧,输赢无所谓,贵在参与嘛。

谁知小胡连续两盘都没给连长一点儿还手的机会。连长虽然不服,但最终还是认了。偏巧饲养员张勇又要上街,班长说,你再顶个缺吧。几局棋下来,小胡又把全连给镇了。

炊事班长乐坏了,连夸小胡为后勤争回了面子,以后凡遇到节日赛事,连里也屡屡将小胡推向直属队,居然也让连队风光过一阵。

也还有不服的。某晚自由活动,二排几个人又找来挑战,小胡把他们杀得大败。小胡到伙房冲澡,原以为张勇也会夸他几句,谁知张勇只顾看他的书,小胡纳闷:张勇家住乡下,自学法律,捧着这部比砖头还厚的书看,回去有多少用呢?

学点总比不学好。张勇一笑,说:小胡,你脑瓜子蛮好使的,在炊事班里时间也蛮多的,不如你也学一门试试。

小胡一想也对,就跟张勇学了起来。就是觉得没有摆棋刺激,但看看张勇,他就咬牙坚持了下来,开始有点不大习惯,看到别人下棋玩牌,心里怪痒痒的。小胡想,或许这就是所谓的考验毅力吧,我要挺住才是呢。

第二年头上,上等兵小胡悄悄地报了自学中文本科的课程。炊事班长刚刚转了志愿兵,心也不像以前没个底了,一有空就想玩一局。起初的几次,小胡人是去了,可灵气没了,后来小胡就索性借故走人了。班长颇为扫兴,有次开班务会的时候,还说了句:个别同志不老不新的,虽然为班级争取过荣誉,但是关键时刻不能傲呀,要注意呐。

小胡听了,真想辩几句,可想了想,还是止住了。

做了半年下士的时候,小胡拿到了自学考试的毕业证书。连长很高兴,说连里出了第一个自学成才的本科生,真让他这个中专生刮目相看。周末,连长对炊事班长说,你去张罗几个菜,我请客,完了咱们再对上一局。

这次,小胡注意到班长出棋时有好几次挺走神的样子,可又摸不准班长在想啥。一连几天,班长都闷闷不乐,像换了个人。星期天晚上,开完班务会,班长突然问起来,胡志明,自学难吗?像我这样的⋯⋯

小胡知道班长的对象是个中学语文教师,咬文嚼字起来挺教条的,常使班长难堪。小胡看着班长真切的样子,说:不难,不难,你在部队还有七八年时间,可以学好几门呢!

小胡原计划自己拿到文凭之后该轻松几个月,可现在他又闲不住了。小胡把自己买的自学课本全送给了班长,还常常给班长讲课辅导。班长进步得也快,但毕竟在家只念了初中,底子浅了些,总离不开小胡。

初秋的一天,班长看着小胡,突然叹了口气,小胡不解,忙去刨根问底。班长停了停,半晌,才冒了句:真舍不得你走呀。

我也是呢。小胡想,哟,还真快了,再有三个月,就要退伍了。

我也留不住你,这三个月,还麻烦你加加班呢。班长一笑,一副很惬意的神情,等到明年,你大老粗的班长也是个大学生了,你信不信?

信,当然信了。小胡又是一笑,那对虎牙儿若隐若现的,完完全全又是刚来时那副讨人喜欢的样子。

种 瓜 得 豆

将军晚饭之余的散步,这些年来已成了一个固定不变的习惯。只是这次,将军散步的神情,一点也不轻松。

马上就要调走了,还管那么多事,会不会遭人家嫌?

这么多年,自己一向治军严格,再怎么说也不能原谅自己,更不能原谅他们。

可这怎么行,眼睁睁地让他们瞒天过海……

将军月底赴异地任职,临行前自然想去一营看看。将军对这个营有着一种类似母校般的情感,自然对一营也就多了点额外的恩惠。将军的馈赠没有别的特殊照顾,就是常"回家"看看。只要看到了有一点不舒服的地方,将军都要把它抠出来,营里的干部都有点儿怵他。

春日里将军那次去一营,也没挑出什么不舒服的,可他有点不甘心,"就是鸡蛋里挑骨头,也不能白跑一趟"。于是,他一个人踱到伙房后面。一营几个连队的伙房后面,都有着那么几小块空地。营长、教导员带着几个连长、指导员们过来了。将军说,这地空着,多可惜,不如种点佛手瓜吧,那玩意儿好伺候,种好了一棵能吃一秋……瓜苗儿是有点难培育,我明天就给你们送来,别耽误了。

将军对自家小院埯那拳头般大小、错落有致地点缀着领空的绿疙瘩们,显得非常自信。

这天,临走之前的将军特地去了趟一营。营部的伙房后面倒是点上了一大片佛手瓜,一看就是错过了季节赶种的,明显发育不良。虽然没有种好,赶种也是种,毕竟是动了嘛,好歹也是一种执行命令的态度……可来到了一连的那片空地面前,一连种出的扁豆架子倒是茂盛,满藤儿蓝紫粉白的花瓣儿,在秋风中似乎执拗地考验着将军的忍耐程度。

一连长像一个委屈的孩子,站在豆架旁,似乎准备了一箩筐的解释。将军了解这个一连长,工作倒有点实干精神,只是也有人反映说他往往爱自作主张。

将军想了想,还是忍住了。

算了吧,这几个连队都较劲着呢,一连之长也不容易。

是不是自己管得多了,人家有了什么情绪,拿这瓜豆的事抵触一下,显示一下自己的个性?

可自己的确是为他们好呢,这种佛手瓜,经济价值比扁豆要好出几倍呢。

将军没想到晚饭后的散步,老伴也在后面跟随着,这在以往可是没有的事。老伴的声音伴着将军沉重的步子一路跟了上来:是不是还在想着佛手瓜的事?老头子,我说你就别怨人家了,要怨就怨我吧……

折过身来的将军,有点像是不认识自己的老伴似的,就听她一路忏悔似的述说着:那一批瓜秧子,也是我心急,把胚芽一不小心沤得有点过了,当时想不会有太大的事,谁知后来一营的反映说,一棵也没活过来……那阵子看你心烦意乱的,一直也就没来得及跟你说。

将军停下步子,他不忍心再去读老伴脸上的那份自责。将军想:这一调动四海为家,天南地北的以后怕是没有空儿去一营了……只是今晚,该给那个委屈的一连长打个电话,把事情说清楚才好呢。

中 士 大 黄

大黄发现司务长发给自己的军衔肩章,比当年同一个车皮带来的好几个老乡还多出一道杠时,脸上红了一阵子,像是一时间谁在玻璃窗上哈了口热气似的,还没等有人注意,立马就散了。

大黄这才知道,自己毕竟是当了班长的老兵,比那些还没有当上班长的老乡们,自然要多一道杠,津贴费也要多拿呢。他们是下士军衔,而自己则成了中士班长了。

大黄是这批班长里最后一个换的肩章,要不是连长检查军容风纪,他还会犹豫一阵子,想想还有些不好意思的。大黄想:与以前不一样了,自己是班长了,班里这么多眼睛看着我不说,就是那些老乡的眼里多少也会有另外的一层意思。于是,这个年轻的中士班长的肩头上,常常有了一种压着担子的沉重感。

当兵这些年来,大黄所在的八班八辈子也没轮上一回先进班。这一年下来,要憋着劲干,要不然,就对不起扛的这个中士军衔。

要是有一本台历就好了,这样可以把每天想做的和没有做好的都记录在案,第二天翻一翻心里多少也有本账。可是连队里的台历只配发到排长这一级,想想只有自己上街买上一本。

新买的台历没几天下来就有些旧了,好在是每天都记录,内容有好有不好,倒是每翻过一页都是新的。渐渐地,让自己满意的事情多起来。大黄的台历还剩下四十来页的时候,不知怎么搞的,连里的空气里莫名其妙地揉进了一种生离死别的思绪,很压抑很庄重也有些无奈,似乎谁也回避不了这个,如流行性感冒一样,大家很快被感染了。那个月下旬的最后一次班务会开得很晚,大家都没有散的意思。末了,班里的一位老乡拉住了他的手,都差点要敬礼了:老乡,不,我的班长,这回我可真是服你了,以前的那些,对不住啊。

"评上先进班",大黄用楷书在台历上重重写下这五个汉字的时候,望着那剩下的几十张空白页,有些发愣,还有些想哭。其中的新页码,有 31 张是这一年度的最后一个冬月,冬月来了,他就要脱军装走人了,眼下属于他的台历只有区区的十来张,要是能在这剩下的十来页里记下实现自己的另一个愿望,那该多棒。

大黄想入党,可连里去年留下的老兵多了些,名额紧俏得不好讲,再说了,人家当四年兵也不容易,超期服役的这一年多里,守望的不就是这个？这一年下来,谁也没有闲过呀。

台历又翻走了几页,很慢。那晚,指导员过来了,很婉言,也很直率。大黄以前从不吸烟,那次却从指导员的手里主动要过来一支,刚一点上,就狠心地吸了几口,呛出几大颗泪来。大黄一笑,那笑容的内涵也只有他自己才知道:指导员,放心好了,剩下的这几张台历,我会珍惜的;既然连队想收留下来作为资料保存,那就更要写好了。

是夜,大黄睡不着,躺在被窝里,又打开了手电,一页页地翻看着那本厚厚的台历,想写下点什么,又不知该写点什么。过了会儿,一个兵过来,要去交接哨,大黄摆了摆手,默默地接过了枪。

出屋时,大黄的脚步轻轻的。晚风吹来,透心的凉。

不由得,大黄又摸了摸肩头上的那三道黄杠杠。

列兵阿管

是个冬日。

列兵阿管一个人走着齐步到了连队门口,迎面碰上了下士小胡,他正在背英语单词。列兵陡然一个立正,丹田运足了气,吼出了一声:班长好。

小胡吓了一跳,很不自然地笑了:兄弟,都在一幢楼里,家无常礼,早不见晚见的,没有必要这样,下不为例啊。

阿管觉得小胡的话很暖心窝,想想也是,可落实下来还得有一阵日子,好多天才改过来。其实,小胡只是个班副,班长们的军衔都是中士和上士什么的,有不少还是专业军士和军士长。阿管下连之后,一直跟着小胡后面训练,他原以为下连之后也是要玩命地走队列、叠被子、搞内务卫生什么的,因为在新兵连里,这都是他不擅长的,为此也出了一些洋相。哪里知道这些都不重要了,连里抓的是专业课训练。

阿管感到有些庆幸,本来,当兵是要打仗的,成天搞这些娘娘腔似的什么卫生,成啥嘛。阿管天资聪颖脑瓜好使,在新兵连没有得到嘉奖,主要是因为队列比完时屡屡套腿而影响了班级荣誉。

想起来,列兵阿管的父亲当年没有当上班长,也是因为这个该死的套腿,莫非这是祖传的?

下连后他被分到了电子对抗营,这可是一个技术兵种。大半天下来,阿管的军事训练,无论是理论考核还是实战演练,好几次大考都为班上争了脸,好在队列训练时正步走得不多,阿管的这些瑕疵没有多少老兵知道。

年底,阿管在连里得了个嘉奖。连里还把他列入预提骨干考察对象。阿管在新兵连里就特期待这一次能当上个班长,最好是新兵班长。当兵的要是没有当过新兵班长,就是将来当上了将军这一生也是有遗憾的,何况他这样的想法,多少也是为了父亲扳本呢。可是,那天通信员真的来通知他时,列兵阿管说什么也不肯去。

小胡看见了,过来劝他:你先去,再巩固一下,慢慢地就会改过来的,反正也要集训,还当真是"江山易改,本性难移"吗?

阿管这才定了定神,还悄声儿去了伙房,想喝点酒壮壮胆子压压惊,伙房里只有烧菜的料酒,只要是酒,什么也要喝两口。

连长过来了,目测了几下,又让他走了几步。最后,连长只得叹了口气,拍了拍他的肩膀,又叹出了一口长长的气。

又是一个冬日,阿管的上等兵肩章还在司务长那里没有发下来,当他看到一个今年刚来的新兵一道杠,也是像他一年前那样迈着小心翼翼的齐步走过来时,阿管立即上前止住了人家。当时正值午休,楼前没什么人,阿管领着那个一道杠坐在那方草坪上,说出的话让新来的列兵一愣愣的。那个一道杠好生疑惑:这位与我扛着一样的列兵军衔的老兵,今天是怎么啦?

阿管不知道,他说的那些话有多重,也不管人家是不是能受得了。阿管说的那段话的大意是:下了连队之后,样样都要优秀,哪怕有一样不行早晚也要误事;你千万不要抱有侥幸的想法,新兵连有什么没有过关的,赶紧找人重新回炉,只要补上了照样不迟。

第三辑　钢铁也温柔

点评：王瑛（《解放军文艺》原主编）
作品：《程多宝精短小说五题》——首发《解放军文艺》1995年5期。

　　写出好的小小说是一件很难的事情，并不是小说写得微型就是小小说。
　　所以，小小说讲的一定是变故而不会是别的。这种变故是命运的突变、人生的意外，以及生活里所有那些由于始料不及而不得不关切、不得不变化的节外横生。因此，变故成为能够演出人真真实实性情的一个文学瞬间。
　　瞬间被浓缩而成，浓缩需要技巧，准确才能简洁，巧妙才能出奇，深刻才会重要……小小说在变故中尽展它值得哭笑的魅力。
　　因为知道连队还有其他的兵和更多的事，所以觉得这个十分用劲的士兵挺不容易。
　　程多宝知道要求自己。因为，他写在稿纸上的字一笔一刻，多余的话一句也没有。我想，他在写稿时，就是刮风下雨，他也许仍能写出蓝天、太阳这些暖和的字母，由此我记得了有一个懂得天气在人心里的战士。

雁　　儿

各个单位确定留守的名单下来之后，这些因为各种原因没能参加演习的官兵，重新集结成了一个新的分队，炊事班长任满章也就负责起了这个新分队的炊事班工作。

就在任满章从那个新任的指导员那儿弄清任务的当天下午，一辆庞大身躯的面包车打营院门口滑进了直工处。车门悠悠打开的瞬间，一大堆花花绿绿的颜色，转眼间就雀跃着流淌了一地，好长一会儿，才汪成了不长不短的三排人马，从侧面望过去，排得还蛮顺溜的。

倒像是雁阵似的，要是穿上军装，这些丫头们就显得精神了。任满章当时正在伙房里忙活，一抬眼禁不住望了一阵子。

是集团军刚成立了第三招待所，来这里培训刚招聘的地方服务员。三个班，三名班长，是三个女兵，军衔是三个下士。这以后，三个女兵领着那三溜儿斑斓色彩，在伙房门前的那条柏油路上飞过去，飞出了兵们闲谈时的一幅幅可人的风景。

那个大眼睛的女兵班长有天悠悠地飞进了炊事班，没有打一声招呼，几个正在忙碌的火头军手里的活突然停了下来，也就是间隔了几秒钟之后，立马忙活得更快了，如同与一个无形的对手比赛似的。哈，这下子咱们伙房里也能翩翩起舞了。这是个训练间隙，三个班要来打开水，大眼睛班长好好地提出来要帮厨。

真的帮啊，那就削莴苣吧。

看不出,昨晚那道菜还真是莴苣做成的,班长,看不出来还真有一手。美丽的大眼睛一眨,任满章往旁边一闪,似乎有了静电,电着了似的。

怎么不是?想了想,他就不再说了,不然一不留神就会见红,大眼睛手上正握着菜刀呢。偏过头一看,大眼睛正投入着。正是四五春月,阳光白得恰如其分,于是大眼睛那身制式短袖女衬衣没法罩到的三角区,还有短裙尚未顾及的身体部位,白得让人在诗的王国里徜徉,一直到那一声声雁儿般的吟叫的口令声,从远处再度飘来,心里那份滋长的憧憬还抑制不住。好在日子愈久,大家见面都自然了一些。

班长,谦虚哈,你一个大士官班长,我们是小兵。

一杠一拐,怎么会是个小于号?班长,不要,小于号多不景气?

像雁儿,你看不像吗?怎么看都像是雁儿在飞呢。

雁儿在飞?还真的在心里飞了一上午,奇了怪了,这一上午的活儿这么快就没了,还没怎么累呢。就是这雁儿闹的,飞得人原先的那种渴望继而犹犹豫豫地蓬勃起来。回到屋子里问问镜子,也是越看越像,呀,到底是都市里出来的女孩,要不怎么能当上女兵?要不说话能一套一套的?

很久以后的一个下午,久违的大眼睛来了:班长,看我笨手笨脚的,连个莴苣都削不好,你们还净夸我。

没有莴苣削了,也该来看看我们呀,就是一起说说话也好的。

人家说闲话呢,还以为我们到炊事班来图个什么。大眼睛脸红了,"来,吃糖,我的组织问题解决了,多亏了你们的反映,这次三个人就一张表,细小工作积极主动,经常到炊事班帮厨为我挣了不少的印象分……要不然,这次回到招待所,还不知猴年马月了"。

那么,明年你们还来不?这是任满章最想问的,也是几个兵委托他打听的。

明年,该退伍了,再不回去,黄花菜都要凉了,这么老的同志了……明年这时候,班长肩上的雁儿,该成双成对了吧?

呀,四年才调一级,一个二期士官要等上四年,青春都快馊了。

不会忘的,哪来的话,老班长嘛。也没啥纪念的,可别嫌弃呢。

递过来一个东西,是一个保温杯儿。推让了几下,于是就收了。其实,更想收下的是地址,还有通信方式,要是能合个影就更好了。

可是,没有说,也没敢说,过了一会儿,心里那个悔哟。

一大堆花花绿绿的又整齐地装进了那辆面包车,大眼睛探出窗口,扬起了手臂扑哧扑哧地摇着,仿佛是为这辆车发电启动似的,远望还真的如同一只雁儿似的招摇着。

回屋,倒头就睡,早早地睡,这在以前还没有过呢。刚一躺实了,复又起身,添了些水,一个激灵,醒了,水还是烫的。

又是很久的一个下午,大眼睛火火地飞来了,一身便装,如滑翔的雁,摩托车,红色的,头盔挺潮,一发动一屁股的青烟,比炊事班那做百十口人饭菜的大烟囱喷得还直溜。也说了些事,仨瓜俩枣的,是路过,顺带着见见老班长。

大眼睛贴在那个车手的背上,一副陌生的小鸟依人状,末了,又扬起了闲着的那只手,渐渐地,显得像耷拉了一只翅膀似的,随着那辆纯进口的本田摩托吐出的噪音,在那个阳光四射的空间,很干净地远去了。

我是一片云

云,淡淡的,梦一般满天挦着。

就剩这么一天了。射击训练到了该玩响的时候,集团军组织的比武就在明天,虽然气象条件不是很捧场,但也不能让兵们的思绪偏离航道。不知咋搞的,一想到这事,雨的心思老是抛锚。

雨,是个老连长了。

八九不离十,明天准有戏,就算是多云或是阴天,也不会打半点折扣。雨的眼睛在那一溜烟儿静伏在衰草地上的兵阵里,又细细地捏过一遍,自个儿也瞄起靶来。渐渐地,那靶心上的白点点仿佛也油油地招摇,朦胧得像……像是云那张秀美的脸庞。

云,电话里说了,大后天来队。都什么时候了,快过年啦。本来说好了,不准备来的,露露放假了在家里闲得慌,农村里都差不多成空心村了,平日里放眼望去都差不多的留守儿童,别说幼儿园了,就是想上个兴趣班也没有……我自个儿能摸着找过来,我都来过几次了,你用不着张罗人来接,忍着点,别误了正事……

云说的正事,是明年初随军的事,熬着也快出头了。雨记得上次临归队那晚,云憧憬的眼神儿地地道道地解释着什么叫柔情似水。雨过了年底就够条件了,就是不晋升副营,按年限也够了,虽然自己几次去团里,都没有好意思进一回组干股打听一下随军的事。

中午,连里安排送饭。水几番诡笑,雨有点捉摸不透,索性又

望起云来:明天,我的云,你还会来吗?

云嫂子,多好多体贴你。水说着,又停了,继而又汪了过来:这满天的云,不是她派来的吧?蛮关照咱们连的……明天,好好干他一家伙。

水是连里的指导员,两个人好得像是穿了一条裤子,冷不丁地就能合并到一块。雨水雨水,再怎么分,也是分不开的雨和水嘛。

就看明天,这云儿捧不捧场了。雨想。

下午的训练效果没得说。水说:早点儿收摊吧。雨依了,心里还在念叨:这云儿满天儿乱跑,明天要是演砸了,没有什么见面礼好招待人家了。

云,先前挺轻盈的,一进雨的家,明显儿壮实了许多。

可是,雨的目光一进营院,立马儿就怔住了。雨侧过脸去,一旁的水笑着,有点儿不怀好意还有点儿得意忘形,那种笑只剩下老实坦白的分了:早上,部队刚出院子,嫂子自个儿就来了,是营长在半路上认出了她,这才回身送来的。听说了集团军比武的事,明天要来我们连队进行考核射击,嫂子说什么也不让我叫你回来。

连队门前,晒衣场上漾起了一长溜洗好的白色床单,呼啦啦的云卷云舒一般。这么一一数过去,怕是数不过来,好歹也有几十床吧?当连长的眼角儿潮了。

"风中有朵雨做的云,一朵雨做的云……"所有的人都在忙碌着,是谁在唱?

云,淡淡的,梦一般满天飘着。

云,浓浓的,醉一般满靥笑着。

女 兵 小 霞

乡村女孩子想当一名女兵几乎是星不点儿的机遇,恰恰给小霞撞上了。乔娜说,小霞,你真是一个幸运的乡下女孩。

小霞起初还想辩解几句什么的,可每回话到了唇边想想还是不说为妙,于是就化为浅浅的一笑,可心里还真有点委屈:自己有什么幸运可言,高考就差了区区三分,三分呀,要不,现在不就是在大学的校园里?

乔娜对考军校似乎有点淡了,都考过一回了,没戏哈。想想做女兵的也有些不尽如人意的地方,就说考军校吧。

乔娜上等兵,小霞一道杠,两个人都在一个卫生队。小霞想:考个护士有什么不好?给人家看病打针也是一件很有意思的事,况且人家眼里咱还是"白衣天使"呢。

乔娜家境殷实,如此不错的家境,父亲的想法往往显得条令化般不可动摇。乔娜拗不过父亲,只得又卷土重来。好在有小霞做伴,兴趣渐渐浓了起来,有空两个人就凑在一起做题目,常把阅览室的日光灯熬到晚上的十一点。有一晚,支队长气不大顺当,上楼站在门口顿了一小会儿:你俩越来越不像话了,这儿不是家里,眼里还有没有规章制度?

小霞吓得一吐舌头,可乔娜不以为然,还当面咕噜了几句,区队居然没声没响地走了,小霞不解,想拐个弯来打听关于乔娜家境的情报,乔娜显得不高兴了,说:小霞,像我们能穿上这套军装

的女孩,容易吗?你又何必明知故问?

小霞感觉到自己是有点突兀了,忙垂下眼帘,坐在那里发呆,仿佛惹了祸似的。小霞就想起来该问问父亲才是。父亲说:那些事不是你该问的,想好你自己该想的,好好复习考试,考不上将来只有种地了。种地的滋味,你忘了没?

小霞虽然没种过地,但对种地之艰辛还是见过的。小霞就不敢再问了,日子复又静若淡水,只是又常想起老家乡下久违的双亲。乡下的父母确实辛苦,小霞想:唯一的愿望就是好好复习,争取考上军校,这才是一件让父亲开心的事情。让父亲开心一回成了小霞生活中的向往,于是小霞就全身心地投入进去,连春节期间可以请到的假期都没敢慰藉一下自己望穿秋水的乡愁。

两个人同时考上了军区医院医学专修科的中护班。开学之初,小霞还没底,无形中生出几丝自卑来,老是怕自己会相形见绌自惭形秽,可相处下来发觉乔娜这些"官二代"们有时也挺能吃苦,完完全全没有都市女孩某些娇生惯养而滋生的专利,在一个宿舍里生活,蛮艰苦朴素甚至也蛮拼的,有时为了某个问题较起劲来,还真像回事的。

直到军校放寒假时小霞才头一次探家,腊月里村上的小姐妹们都花枝招展的,可又多是大红大绿的,还都穿健美裤,显得很是俗气。小姐妹们看到小霞肩头的那红红的学员牌牌,多是来问候过几句就借故远远地避开了,眼眸子还隐约有些湿漉漉的。小霞想:自己与村里的姐妹们相比是够青春的了,可姐妹们都不怎么来串门,把这不长的二十多天的寒假折腾得挺生疏挺无味的。小霞就闲在屋子里,没几天下来,免不了又有点想班里的乔娜她们。想想人也是怪,特别是刚开学那会儿,整天课桌上栖着朵骷髅头,白森森的,把原先那些美好的憧憬抹得一点也不剩,好不容易经历过了,接下来又是背又是记的,光人体上二百零六块骨头和上千个部位就让人仅剩的灵气也没了。现在想想,当时的生活并不是没有意思,只不过是自己没走出那块天地,没看透罢了。父亲总是说你好好养养,家里真的没什么事。小霞就想起拿出些照片自个儿看。父亲看见了,问:这个乔娜,家里是干什么的?

小霞就想起来了,父亲有个叔叔早年就出去当兵了,那时还没有自己。小霞心里觉得有种说不出的委屈挥之不散抹之不去。小霞的军校可是按自己的本事考的,分数还超过了录取分数线一大截子。小霞觉得这种生活在别人的恩惠之下的嫌疑,多少是一件让人不大舒畅的事情。小霞想:军校毕业后,还是要求再分回原先那个山沟沟的卫生队才好,那山沟沟虽然僻静些荒凉些,可一切都可以从头开始,省得老是让人以为自己是沾了谁的什么光似的那样不自在。

这事儿还是不与父亲商量为好,省得到时候就办不成了。小霞想:以前的路自己说了不算,也知道还有这样的一条路,现在走出来了,往后自己决定之后就不能再犹豫了。

辫　子

辫子的辫子转眼间就坠到腰际了。每回洗个头,一大团绽放开来的黑墨挤得盆子里扑扑满满的不说,这要是沾上了洁白的洗涤剂泡沫,那可是一幅好看的风景。只是每一次都把娘使唤得团团转,娘就有点不省心了,说:就别再等了,去队伍上,这回你听娘的,早点儿把事情定下来,也少了这几多麻烦。

辫子就只好一个人去了。部队是苏北徐州市九里山下的一个集团军直属队。

辫子的辫子让气象室那帮女兵们羡慕得不得了,可不是嘛,按部队上的要求,女兵们的发型多是清丽型,最多也只能留个"齐耳剪",哪里见过辫子这么随心所欲的?毕竟她们也不是专业的文工团队。于是,女兵们没事儿就在辫子的头上设计着梦想当一回理发师的憧憬,还有的是寻找那些不曾远去的记忆。辫子原先想象着部队里的"八一"建军节该和家里过年一般热闹,可哪知部队里很俭朴,到了节边上也没闹出多大的声响来。

于是,一个人的营盘里,自然就想起了喜子。

喜子却忙得多是不见人影,有几个女兵两天都没来了。辫子就闲了,于是就满楼地找。楼上的俱乐部,七个女兵都在,排一个老掉牙的节目,是革命现代京剧《红灯记》,一个个挺投入的。

赵霞说,是直工处吴处长点名要排练这个节目。处长说,要是把"我家的表叔数不清"唱得还像回事,就去集团军部把参谋长也接过来观看,将军对这个现代京剧蛮在行的。

还别说,"八一"晚会那天,赵霞还真的把台下全直属队几百双巴掌拍得火爆得不行,赵霞红袄小褂倒也字正腔圆,只是缺了根辫子,也就少了李铁梅的那种原汁原味。赵霞对处长说,共建单位实在是找不到,都跑过几趟了;市里的一家店里有,就是太贵,还不肯出租……

好在将军没来,哪有李铁梅没辫子甩的?

想法弄条辫子,让处长等到国庆晚会的时候再去请将军。几个女兵这么一说,一转眼看到了辫子:要是有你这根辫子就好了,干脆,也拥军一次?

什么规矩不规矩的,怎么？不满意我们站长？那我们也不争了,上哪儿找去？

女兵们叽叽喳喳的,笑得鸟一般炸开了,让辫子很不习惯,好容易适应了,刚有点舍不得,辫子就要回了。辫子眼下还不能算是家属,家属来队也只有一个月呢。

突然一声令下,喜子他们去了外地加强某师演习,回营时国庆节已经过了。留守的送来了包裹,有软软的香。喜子怪高兴的,辫子这下心总算定了,这回又是什么家乡特产呢？打开一看,战友们一看,齐齐地就有点傻了:那截黑蟒蛇一样粗长的麻花辫子,静静地卧着,一看就是刚开学就寄过来的;一同来的还有好几封信,问这问那的,都是说到那次晚会的事。

其实,那只是处长的一招小计,日理万机的将军可忙呢,哪能为了照顾几个女兵的排戏情绪,专程来这大山洼子里看一回节目？

回信刚一发出,喜子就悔了。这样,辫子岂不委屈了？得重写一封,可又不知写啥为好,满纸儿都浮起了无数个齐耳短发的辫子,渐渐儿又叠成了一个,笑眯眯的。

既然你们派不上用场,那就留着,辫子剪了也没啥的,就会很快长出来的。娘说了,过年把又是长长的了……要不,就等你回来剪？

像是辫子说的,的的确确。

月　儿

月儿从小就特想当一名女兵,可部队上年年都不来小镇上招女兵,月儿好无奈,只好叹了一口气,怨自己这一辈子没有当兵的命。没办法,壮志未酬的月儿,只得平平淡淡地嫁了海子。海子在部队上干个司务长,是个士官,没当上干部,也就是早年村上所说的志愿兵的角色。夏天的毛料衣服倒是有一身,也穿的是皮鞋,就是肩章上是杠杠,一颗星儿也没有。

月儿这是第一次来到队伍上。海子说:部队上不叫探亲,叫家属来队。部队上的新鲜事儿,没过几天就淡了,营院里也没地方好去,出门就是菜地。海子的菜地与他写的信一样,让月儿满眼里感到有种诗的东西在心窝窝里萌动不已。海子对月儿说:上头有了精神,司务长有转干的指标,他想争取一下,可处长说当司务长的要是生产搞不好,这事就没指望。

夏季的菜交接起来说快也快。月儿亲眼看见地头那四畦长豇豆地上,有部分豆瓣儿即将挥别青春,劝海子摘了。海子说:部队上种菜,与家里不同,岂是想吃就能吃的……近期上头要来检查,空空的地垄不好看,坚持撑过这一阵子再说。

月儿还是觉得可惜。吃过早饭,海子不在,月儿闲着也没什么事,就想了想,转了转,还是去地里把那些豆瓣儿收了。满满的三抱儿,足够伙房里炒上一个菜的,要是就这么老了烂在地里,那不是败家子吗?

月儿在伙房里帮着择豆儿时,呼呼啦啦的,突然就涌进来好多人,肩上都是干部、志愿兵的硬牌牌。这些人站在一起一比较,还是干部们的肩章好看,人家的上面有银星星闪耀,扎堆在一起汇成了一片灿烂的星河,海子他们的哪能比呢。月儿见那个两杠三星的军官正笑着要问自己,月儿想,是不是因为刚才不该摘豆子的事?还是冒犯了哪条军规……听海子说起过,这大概就是直工处的吴处长吧,忙急得一扭身子,红着脸跑了。

三连的菜地评比得了第一。海子说:真得谢谢你,歪打正着了,其他连里的菜地上,或多或少剩些老掉的菜,种菜是吃的又不是看的,明显的形式主义嘛。首长还说了,有的连队放着地里的菜不吃,还悄悄地去市里的菜市场上购菜……

月儿惊讶地望着海子。海子在她的眼前仿佛一下陌生了许多。月儿想,这些天,真的要抽点空儿,该好好地和他谈谈才行。

月儿觉得这一趟来,有些话要郑重其事地对自己的丈夫说个清楚,越早说越好。

流水的营盘

这下,可真的要大祸临头了。燕子呀,我的燕子,你们这不是没事找事惹祸上身吗?好好的都把你忘了,可你们偏偏在节骨眼上冒了个泡。

上等兵黄鹏越想越火。她从上尉那鬼怪兮兮的眼神里预感到,这一次,他不会善罢甘休。

窗外月华如水。黄鹂轻手轻脚地下床时,英子还是醒了。英子也是上等兵,两个人好得像个影子似的,恨不得有条裙子也要轮着穿。英子悄声地问:是燕窝窝惹事了?大事不好,别听上尉嘴上说的那一套,蒙谁呢?不是说,明天大校要来吗?这回借他八个胆子,上尉也不会听我们的。

那就……黄鹂的小嘴,向上尉那间亮着灯火的屋子努了努。

事后,她们这才想起来,绝对是燕子惹的祸。九里山下的这座营院,平日里眼睛就是横扫竖拖的八竿子也看不到异性,有时男兵们来不及方便时索性掏出家伙,在大山洼里随意书写着一路的狂草。哪知道呢,就在大前年,这个叫气象室的单位,破天荒"下凡"了一拨女兵,叽叽喳喳的如一窝燕子似的。这倒也就罢了,大不了日子多一份色彩呗。偏偏天上的燕子们也来凑热闹,它们剪子似的翅翼盘来绕去,引得值班的女兵们动辄指指点点的。这还不算,居然有一天,探假归队的上尉如哥伦布似的有了新发现,不知什么时候,楼道当中不可思议地栖着一只泥筑的燕窝,如同新来的邻居安了个像模像样的人家。更为恼人的是,就在堂堂上尉仰头的瞬间,一坨鸟粪自由落体,不偏不斜地点缀在上尉那只高挺的鼻梁上。

上尉能不生气吗?他毕竟是气象室的最高长官,对这座楼里的一切是要全权负责的。要是难得下来一次的大校也"荣幸"地享受如此殊荣,接下来的故事,你能想象到一个个什么糟糕的结局吗?

真的不敢往下再想了。上尉扭头离去的背影,不仅仅是黄鹂和英子她们,就是班长李薇也感觉到了,这事还真有点邪乎。

一级士官李薇在山洼子里待了四五年,什么事没经历过?凭她近年来与上尉共事的经验可以得出,这个最高长官有时候还真不好惹。

那两个人刚一下床,李薇醒了,与其说是命令,倒不如说是小声地劝说:别去了,去了也没用。大校要来,一个鸟窝挂在大门口,别说上尉,就是在我的眼里,也不是个事。毕竟这是军营,再偏远小散的军营,那也是部队啊,还不都是一个《内务条令》罩下来的?不信,你们明天去试试?听我的,今晚不行,太晚了,看看都几点了。

不就是九点半吗?两人咕噜了一声。没办法,气象室眼下还没有管理女兵的专职女干部,上尉又是一个大老爷们。白天是上尉的天下,晚上则是李薇的管辖范围了。

那怎么办?班长,能不能给上尉说说,这儿多寂寞啊,好不容易来了燕子,不就是有时即兴唱了几曲嘛,招谁惹谁了?它们多可怜啊,有什么好大惊小怪?真是没肝没肺。

没什么大不了的,不就是燕子吗?"燕子去了,有再来的时候",李薇从朱自清的《匆匆》中走了出来:睡吧,明天再想办法就是了。

第二天一大早,上尉布置打扫卫生。肯定是打扫卫生了,哪一次上面来了首长不都是这样?哪鸟窝怎么办?

还能怎么办?李薇从上尉那边回来,嘴也是气得鼓鼓的:端掉,连锅端掉,有什么办法?军令如山啦。

就这一句话,大家都蔫了,屋子也像是一下子小了许多。黄鹂的眼泪不争气了,刚要擦呢,英子恼了:就知道哭鼻子,能不能想个办法?

办法想了不少,没一个是管用的。黄鹂急了:大校啊大校,早不来晚不来,怎么偏偏有了燕窝,你就来了呀?

牢骚也罢,活还是要干的。黄鹂的心思老是瞄着燕窝。上尉一个手势,大老远喊了李薇过去,似乎要吩咐什么。黄鹂心里咯噔一下,连忙在胸前划起了十字。

黄鹂不知道自己后来是怎么回到宿舍的。路过门口时,她清楚地看见,燕窝不在了,真的不在了,那里还增补了一层新白。黄鹂一倒头,蒙着被子就睡。宿舍里静静的,陪伴的只有眼泪。突然,有了燕子的问候声,一下,又是一下。两只燕子在窗前飞来飞去,似乎在寻找着什么。

莫非……黄鹂一起床,果然在班长床下,有只小小的纸箱,里面铺了一层软软的稻草,上面安静地卧着六只小小的燕蛋蛋。

破涕为笑的黄鹂刚一出屋,就被上尉的笑声堵住了:不就是一窝燕子嘛,等大校一走,保证让你们满意。

说是这么说,可燕子们晚上怎么过？春寒料峭的,一晚上下来,还有燕子的后代吗？

李薇大手一挥,算是做主了:放我被窝里孵孵,大家轮流做回燕妈妈,一人一晚上,就当是多站一哨吧。

女兵宿舍的夜晚从此漫长起来。半夜里有人醒了,总要问一声,生怕班长把燕蛋蛋挤破了。李薇的床上一晚上叽叽喳喳的。第二天一大早,全班一个个都是血红红的眼睛,等待着大校的到来。

大校不来的通知刚一下来,女兵班有几个当场哭了。上尉在女兵们面前,像是做了错事的小男兵一样,说话也没了精气神。上尉默默地起身,一个人悄悄地爬上了门前的那棵大树。在一绺绺阳光拥挤的枝头,一只小小的纸箱悬挂在女兵们雀跃的眼帘里。

从此,气象室门前又有了一个燕子的家。树上的两只燕子绕来绕去的,树下的女兵们指指点点的。两个家遥相呼应着,一个在天上,一个在地下。这以后,女兵们出操回来,总有几个立在树上,以歌一般的语言,齐齐地唤着幸福的燕子。渐渐地,又有些幸福的小燕子们说话了,它们的语言给寂静的营院增添了生气。开班务会时,女兵们都齐齐地涌到树上,李薇数着燕子的影子,一个个呼点着班里的名字。每当这时,上尉总是眯着眼睛,看着云彩飞扬的蓝天,他想:这人呐,真是怪了,再一般的人,只要是当了兵,怎么看就是不一样了?

日子水一样流淌,渐渐地,燕子们飞远了。夏过了秋,秋过了冬。最后的一片叶子也挂不住了,一阵阵锣鼓声炸了魂似的。那是上尉带人在欢送着光荣退伍的李薇。李薇说:再做一只燕窝吧,明年春天,燕子们会再来的。

新换的纸箱挂上树梢的时候,九里山的草色有了一种新绿。那个新做的小家,如一只高挑的酒幌,在照片里点缀成别样的风景。那时候,女兵们还没有手机,通信方式仍然有些古老,多是依仗着邮局。女兵班在树下照了合影,她们想着要寄给远方的班长:班长,你看又是一年了,新燕子们又快来了,什么时候……你能来一趟啊。

这年的雨,来得勤,一群群燕子在雨中绕来绕去的,每每它们在屋檐下盘旋时,流泪的黄鹂似乎看到了班长。刚刚挂了少校军衔的上尉也感动了,他那双大手只得一次次柔柔地招摇着:燕子啊,原谅军营不能给你们安家,你们还是到树上去吧。

燕子们在楼前翱翔了几天,最后依依不舍地走了。九里山又恢复了宁静,偶尔在大山里看到天上的燕子,黄鹂总想问它们:你们还认识我吗?怎么,你们那么眼熟呢?喂,你们能飞到班长那儿去吗?看看我们的李薇班长,如今过得怎样了?

特 别 任 务

如果不是因为大校的莅临,谁也没想到,这件事情的后果可能会如此严重。所以,女上尉在受领大校下达的这个特别任务时,心里还有点委屈。

一开始,女上尉是准备把她苦心孤诣的这套部署,当作政治工作中的一个得意之作来汇报的。没承想,大校还没听到一半,脸就阴了:这是个特别任务,抓紧办吧。

大校部署的任务,与一个叫英子的饲养员有关。

英子是去年初夏那会软磨硬缠才干上这行的,真不知她怎么想的,哪有女兵想当一名饲养员?那时,女上尉正想大展宏图一番。这是个特殊连队,大山洼子独她们一家是娘子军,管起来说难就难。好在男兵们隔得远些,那种敏感苗头即使有了也能让它自生自灭。倒是伙食调剂难坏了女上尉。业余生产几成空白,总不能老是张口伸手啊……决定靠山吃山的女上尉刚进大山履新时,就想到了牧羊这一招儿。买上几十只羊,每班轮上一周,反正草儿漫山遍坡,这活又不要什么技术。放羊嘛,首长讲评部队作风时,不常这样说吗?只是没些日子下来,女兵们就不干了,倒不是嫌羊腥粪臭,而是特别厌烦山下那个老奶奶的唠叨和邋遢。

去年,老奶奶的老伴没了。她儿子又是前些年在南疆战事中光荣牺牲的,当年的地方政府把看山护林当作福利待遇给了老两口。现在,紧邻其舍的女兵连为老人做些类似光荣传统的零碎活,自然就派上了饲养员。

节骨眼下,英子的舍我其谁,真是再好不过了。

其实女上尉也算是深思熟虑。快一年下来,她的这个部署收效不错。羊肥不说,老人也精神。没承想,这份平静被英子老家政府的一封公函轻轻地划破了。还有的是,英子的叔叔也几次央求连队,约定军地双方都瞒着英子。因为英子要是知道相依为命的奶奶走了,说不定会扛不住,甚至极有可能会闹出什么来。英子父亲廿年前走得匆忙,改嫁的母亲匆匆丢下了英子。乡下女孩从军的机遇无异于大海捞针,好不容易有个机会感动了县人武部的同志……

这次,地方政府的意思是等英子复员回去之后再行商量,毕竟英子是烈属后代,况且这也是奶奶临终前的唯一请求。

这个任务实在太特别了,再难也得执行啊。大校是高瞻远瞩的,再隐瞒下去也太不人道了。

蜿蜒的山路蛇一般扭着。朝阳初升,草尖上那些璀璨夺目的露珠,被女上尉犹豫的脚步撞得躲躲闪闪的。终于见到那一大片白白的羊群了,它们随意地汪洋开来,很有纪律地蠕动着,真似幅耐看的画,再一看还真是幅画呢。当女上尉目光落入老奶奶的院子,她看到了这样一幅温情融融的画面:英子,正在给老奶奶梳头。

老奶奶背靠藤椅,闭目享受着暖暖的春阳和英子浅浅的歌声。偶尔漏出音如鸦啼的笑波,使女上尉下意识地悟出了什么。女上尉一头雾水,她只得干站着,生怕自己的情感情不自禁地流露出来,会使受惊的英子,轻而易举地撕碎了这幅优美的画。

山风拂过来营盘那边的号声,一声,又是一声。

大校啊大校,这个任务不好完成呢。

容我想想,再等些日子好吗?

可又瞒到何时?

到时一下子抖搂出来,没人牧羊事小,英子会不会……

谁也没想到,僵持片刻之后,话题还是英子主动扯到奶奶。起初,女上尉还极力绕着弯子,尽量往上面引呀靠呀。然而,英子这一说破,女上尉真的哑然了。她等着英子,等她的哭泣在山坡上泛滥,甚至女上尉还做好了一路追赶英子或者是拥抱着安慰英子的心理准备。

那种准备漫长而又苦涩。

可是,没有。

没有?怎么会?

真的,没有。

英子说到老奶奶的时候,笑容绽放:指导员,你看,老奶奶现在一天也离不开我了,老奶奶还要对连里说,不让我这个亲孙闺女退伍,就这么一直陪伴着她……还有啊,奶奶说,她儿子在那边,说不定和我爸爸也是战友呢?

莫非,我没说明白?

一定是的。

要不,她能这样?

干脆直说了吧。

到底是做过母亲的人,女上尉狠了狠心:就当英子是我的女儿吧。

可是,英子你知道吗?老家,你的亲奶奶……还有,那封地方政府的来信,还有你叔叔的信……我们一直担心着呢……

那种最不想说出的结局,实在是憋不住的女上尉终于和着眼泪脱口而出。背过身去的她,那一瞬间懊悔极了,眼帘又晃动出那梳子那藤椅那阳光那歌声……那幅绝美的画,一时间在她眼前有了种海市蜃楼似的幻觉。

英子又说话了,静静的如拂面的山风:指导员,我同学去年这时候就写信告诉我了,什么都说了。真的,你们别担心,我没事的!谢谢我们的连队,谢谢指导员。

去年这时候?女上尉想起来,当初英子的毛遂自荐就是那个时候,原来如此啊!

英子啊英子,你叫我说你什么好呢。返回的路上,女上尉止不住一次次回眸着,她总以为后面跟上来的是英子的脚步,可是没有。渐渐地,她的视线朦胧了,仿佛天上的白云落下来,汇成了遍地奔涌的羊群;仿佛地上的羊群涌上去,化为天地相吻的云海……猛地,从那云海深处,迸出一声若隐若现的呼唤:奶奶——

群峦回荡,激起此起彼伏的"咩咩"声,跌跌撞撞的如一只只水漂,悠悠地向山外那遥远的天国,一路追寻而去……

菱 花 嫂 子

水乡人夏秋时候走路多不用脚,他们的脚是船。船,家家都有三两只,闲时汪在村口,如女人遗忘在河边上的鞋,像是被那水神眼馋坏了,鼓起腮帮子吹出几绺细浪一拽一拉的,就拖到了自己的怀里。只是这胸怀好大好宽,让水乡人出门即水,东一洼西一塘的。

但凡有个巴掌大的水面,上面都要浮着一窝窝的菱角。

说起菱角,稻堆山的菱角最为有名。

这一带土肥不说,水也旺人,随手撒了几只老菱角壳子,别看它们气呼呼地沉入水底,来年齐齐地汪成一片,撑伞似的都不打一声招呼,几年内再也不用哪个操心;年年都有些等不及摘的菱角,先是在水底下憋得久了,听不到采菱人的歌子,便自顾儿叹了口气,或是随鱼儿的小嘴一啄,独自飘零般沉下水底,来年又探出细长的身子,如同夏日晴朗无月的星星,眨眼间就在天上铺成一大群,稍不注意,这群家伙就密集得实在。

不信?那你就望它一眼,这菱角叶儿层层叠叠到边到角,塘里的鱼儿钻将进去,想透口气都要闷出一身的汗。

谁说鱼儿不淌汗呢?它们的汗味激灵醒了这满塘水面的菱角。说起菱角,稻堆山人哪个不如数家珍?说着说着就捏起一只,翡翠一般的颜值模样,壳壮肉实,芯儿鲜白粉嫩生甜,入口即化,哪里还有什么渣渣?这还只是生菱角,要是煮时柴火煨着再捂上几片鲜荷叶,小把戏们早就候得急急的,要不是锅盖冒着热气,哪次不烫伤几双猴急急的小手?

这一带水乡方圆几十里就这么一座山,怎么瞅都像个稻堆尖儿。山下河沟交织,阳光下如同一把随手抛洒的镜片片。农历四月头上,水底下眠了一冬的菱角们就醒了;一到七月,菱叶们扑扑满满赶会场般挤着闹着,远望那可是一层层赛着那种新绿,间隔儿零散着的点点粉白的菱花,小米粒般大小,在微风中眯着眼朝着你笑;八九月上,不用人招呼,女人们齐齐地来了,栖在尾子翘翘的腰子盆里采菱角,随手翻起的菱叶伴着柔柔的调子,溅得水花儿悠悠地闪,引得菱叶们牵着手来挽着不让前行。随手拈起一颗,就有好几只肥墩墩的菱角翡翠般地缩在上头,两手还没拨拉几下,身后的柳条篮子就堆得冒了尖:原来,这是用绿色的"稻谷"堆成的另一座山呢。

每回这时,就有人喊着:菱花,快下来,一起采……

想看到菱花下河摘菱角,那可真是西洋景。有时孩子闹得厉害,她也下水摘过几只,多是卷起裤腿,把两只白荧荧的小腿肚子插在水里,在边上够上那么几颗。小腿儿杵在水里,引得鱼虾们相约来拱,竟是一种说不出口的痒痒儿。

稻堆山的菱角好是好,名气也出了十乡八村,可就是搁不长久。秋还没尽呢,这新鲜货就存不住了,生的发黑熟的上霉……菱花都试过几次了,每回都试出了一脸的泪。

好在,南漪湖的湖菱角,不是这样的。

湖菱角身坯略瘦些,还没有两只腿儿,只剩两只长角,黑壳子,还铁硬,摊在席上,远远地望,像是定在上空的鹰;只是这鹰儿却秃了嘴,从不叼人,芯儿还粉白,米也挺厚实,极有嚼头,生吃时虽不太嫩,熟透了味也差不离,多少也能咀嚼出一种叫乡愁的意思……最要紧的是湖菱角好贮藏,生的晒干后弄好了能放上大半年,煮出来照样不走味儿。

秋过了,女人们哪里闲得住?三三两两的揣个鞋底过来找菱花拉话儿。在她家聊天,没爷们烦,自由,自在,也可是自私,这里,才是乡下娘们的一方天地,就是呱呱鸟栖在窗前,也没人轰你飞走。溜溜的麻线拉将起来,从鞋底这边钻到那边,滑滑地响,如同赶集时扯布那样好听。每回都是只听菱花一张嘴说,说天沟沟那边的新鲜事,什么被子叠成像块绿豆腐,什么走起路来一阵风,什么吃饭之前必须要唱一首牛哞一样歇斯底里的歌子……没说几样,就有人听得入了神,手里的活也停了,嫌吵;还有一个,也是怕针尖儿扎手。

满村上的女人们,就菱花出过几趟远门,搭火车、坐轮船、颠

驴车,还蹲过狗拉的雪橇。菱花一说就说到了菱角,说稻堆山的菱角在那儿,赛过人参雪莲,连冬虫夏草也不敢吱声。男人说了:这菱角得留着,到年三十晚上,有想家的来了,才能过来抓上一小把。

女人们耳根子软,菱花一起头,几个人包了船,结伴一起上了湖。那湖太大了,海也不过如此吧。满湖的菱角哪有人采?野生保护区呢?就这么自生自灭着,更可惜的是还没入冬呢,湖菱角们就想着要坠入泥里酣眠。秋冬是南漪湖的枯水期,黑不溜秋的撒了一泥滩的湖菱角。女人们就挽起裤腿在泥浆里踩,那活儿累,早晚还冻。

再后来,多是菱花唤人去央船,自然她也多摊些船钱。也有女人嫌苦累,可是一想到人家菱花那么心诚还出手大方,耳根子只好又软了一回。

湖菱角的芯米子耐嚼,香味儿齐齐地塞进牙缝,男人们哪个不爱?就是壳儿太牢,得一副好牙才能对付,耗久了太阳穴那儿酸酸的,好多人家都不让孩子们碰,怕损了牙口。

菱花也是。采摘回来之后,她总是细细地挑选,一只只放在手里掂掂又捏在耳畔摇摇,怕那些空的或是不饱满的蒙混过关。甄别后的精品用只红布包儿裹了,吊在屋梁上,怕回了潮气。这边还没进冬呢,菱花就缝了只大大的包裹,足够一个连的兵吃上一阵子的,去邮局,好赶在大雪之前寄给丈夫。那地方远啊,一条路上直溜溜的,就是新手开车也没个怕的,半天内要是碰到一根鬼毛,算是撞了大运。那路,就这么一直捅着,怕是到了天边了,再花多少邮寄费,不管什么样的快递业务估计也是白搭,要是晚那么一会儿,说不定就让那该死的大雪封山给耽误了;这要是一误,就是掐断了那个连队一个冬春的盼头。

菱花的丈夫,在遥远的雄鸡尾巴那里,新疆一个叫阿克苏的地方当兵。前年吧,丈夫就是一杠三星的指导员了,这些年,年年都有喜报寄回家呢。

就是春节前后那一阵子,人多车挤,路远还费钱,带上孩子走一趟太难。要不然,菱花每年都想着自己捎过去才好。那雪原上的兵,真值得人心疼呢,嫂子长嫂子短的,只有亲家兄弟才这么从心窝窝里一句句地喊啊。一个连队百十号兵,那一声声嫂子叫的,嘎崩脆,如同咬开湖菱角时的那种响儿,就是那当儿在大西北,也让人像是闻到了家门口七月里那铺天盖地的淡淡的菱花香儿。

爱 情 故 事

"毕竟,咱这是一个男女兵混编的连队,这一只只青苹果,到了这个季节,只要有了一点火星子,说不定就会燃起熊熊大火来。这事可不能马虎,别以为就是这么一条围脖,要是引出来一个男女兵的爱情故事,可就麻头了。这帮毛丫头兵,懵懵懂懂的知道个啥?什么事都是一想就干。说得好听点是个故事,这两个字要是一倒过来,不是事故才怪呢。"指导员凝望着窗外的九里山,自言自语着。

虽说苏北的这座九里山,眼下正值秋风惨淡秋草黄,这要是一进冬日,风一吹雪一飘,说翻脸就不认人的。

确实是一条男人的围脖。棒针上的那大半条草绒色基本成

型了，上面还绣了幅图，甚至还镶嵌了一个爱意融融的图案……直到指导员悄声靠近时，女兵阿丽还沉浸在脸上的那朵红霞里。仿佛听到了身边有了些意外的响声，阿丽脸上的那片红霞，成了一朵紫色。

一问，果然是给那个男兵织的。

那个男兵，阿丽一说出来，指导员倒也认识，就是直工处放电影的小陈。指导员知道，小陈一心想转个二期士官，上上下下的都说着他的好。平心而论，指导员也知道小陈电影放得挺好，就是那活苦了些，成天一辆自行车在山里钻进钻出，上推下骑的，说是九里山，其实何止九里呢，山道蜿蜒开来，巨蟒一般地往山外拱着，没完没了的。接片子送片子这活，全指望这辆自行车走走停停的。冬天的九里山，风硬得出奇，动不动就缠着往脖子上刨，若是遇上雨雪天那就更糟了，要是淋湿了内衣，就是铁打的身子也得生病呀……"唉，咱部队上发服装的，怎么不想着给这些出门在外的，发一条围脖呢。"

哟，说你胖你还喘呢，还当真有理由了？这是部队，一支有纪律的人民军队。军营，不相信什么爱情，哪怕冒出来星星点点的胚芽也得立马掐掉。无情是无情了点，这也是没有办法而且不好商量的事，心软了哪成？这类教训曾让指导员也刻骨铭心过。青春男女窝在这大山沟里，久了难免会产生意外，得看紧点。小丫头片子们知道什么是爱情？满嘴里还是奶花星子味，就要谈什么感情了？

指导员决定瞅个机会，好好地给阿丽开导开导。

让指导员颇为意外的是那个周六下午，女兵班里的十名女兵，一个都没有请假外出，全都窝在宿舍里，约好似的都在织着围脖。清一色的男式草绒色围脖胚型，在每个女兵的掌心之间游得正欢,阿丽如同小师傅似的间隔儿点拨若干,让找上门来的指导员的笑容显得极为潦草:该说上些啥?又不是正课时间?也不是在值班室里,女兵们做些女红之事,也是人之常情……可不会如此之巧吧?得耐住性子,越临老兵复退时节,所有的故事线索都会露出水面,这是经验。

　　冬日忙过,没想到上头一纸命令,混编连说改就改,又换成了清一色的男兵连,那帮女兵云一样地说散就散了。指导员又重回到山外的集团军军部大院,只是心里头还时常想起在山里的那段日子,有了机会总想着回到老连队看看。有一回,他在山道上撞见了小陈时,竟发觉小陈居然没有围上那条围脖。后来,据直工处干事说,小陈又收了个徒,教着放电影,还给了那个新兵一条新的围脖,剩下的好几条全都放在处里,他自己也仅仅是留了一条。新来的那个兵也怪,学着小陈的样子,一直不舍得用。

　　指导员有了疑问,这是为啥呢。转念一想,小陈也是老大不小了,要是来年转不了二期士官,那只能复员回到老家的那个山旮旯里,有些事情往后还真是不大好说。谁知小陈一听,笑得极为清纯。那声波如一朵远行的水漂般,在峰峰峦峦间溅出一串串浪花,的的确确是那种当兵之人才有的洒脱。直到小陈推车远去,指导员还凝眸注视着。怎么说呢,那群女兵,就这样在眼前如鸽群般飞走了,从此,这大山里少了些点缀,让人心里空落落的……唉,是不是我们有时候太为敏感了?

　　为这事,指导员一度想了好久。

其　实

　　技侦队女军官柳小娜的相貌,介于漂亮偏下一般靠前的那种档次。柳小娜自己也是一副没心没肺的神情。她从军事院校分配下来两年多,眼下是个副连职中尉,正处于要多浪漫就有多浪漫的那种最青春时光。

　　直属队大院里女干部显得金贵,快赶上国宝大熊猫了,还只有技侦队一家有,总共才四个,还就柳小娜一朵花儿待字闺中,那三朵都是在驻地找的,一到周末,都推着女式自行车兴冲冲地往家里赶,顷刻间就在楼前的柏油路上流淌走了三弯迷人的车影。

　　渐渐地,柳小娜有些莫名地向往起来。想,自己条件都挺好,莫非是因为这个职业？那她们三个大姐的小窝不也垒得挺稳当吗？自己也老大不小了,直属队这么多单身男军官,怎么都有点女孩子似的,总不能这种事情也让女军官们自己主动？那成啥了？再说我还轮不到什么"齐天大剩"吧？

　　终于,冒出来了一个大胆的。大李,也是副连职中尉,挺般配的,个儿高挑,虽不显得很挺拔,但绝对能说得过去也带得出来,就是平时爱拨弄个发型什么的,让人多少有了些怪怪的想法,好在这也不是什么太过分的理由。

　　总不能要求人家十全十美吧。

　　还相处得很像回事,两个人一有空儿就楼前楼后赶着那只幸福的羽毛球躲来闪去的,惹得不少人看,有时也能听得喝出一声倒彩什么的。

那几天,到了心里头正想酝酿个引子的时候,大李却没打招呼地探家了,20多天一回来,换了个人似的,说是在家找好了,年底就办,笑呵呵的都没顾得上看一眼栖在一旁脸色闪白的柳小娜。

怎么也怨不得人家,柳小娜这才感觉到日子有点变味了。倒是大李有空了还来找她赶那朵幸福的羽毛,楼上楼下地喊她,像是没有那回事的,柳小娜只好装着没有听见,除了这些,又能怎么办呢?

那种潜意识里的危机感说严重就严重了。年底,大李的未婚妻来了,说就在部队上办,是个乡下教师,还民办,转正估计没影了,将来随军倒是现实些。柳小娜想与她比起来,自己一点儿也不输人家,就连大李私底下也透露过:其实,柳小娜是女神呢。

可就是让自己搞不明白,柳小娜连值个班都漏了好多的精气神,生活与原来的憧憬差老鼻子远了。

还好,就是这时,直工处的郎干事闯了进来。

这是直属队搞的一个"赞老兵"广播节目,两个人配音的诗朗诵录音带,那些天里天天都要放上两三遍。于是,柳小娜愉快的心情也随之在直属队的上空弥漫开来。两个人配合得心有灵犀不点也通了,感觉好极了,以前那种溜号的憧憬说活就活了。

郎干事的确属于让女孩子一见就滋生出某种感受的那种男性军官,有了几次交往之后就使你柔弱的内心向往着要燃烧一把。这以后的半个多月专题广播效果那可是盖了帽了。柳小娜这才感觉到枯木逢春是怎么一回事,返回宿舍的路上一不节制就溅出来几串久违的歌声,连三位大姐姐都旁敲侧击地扯起郎干事来,扯着扯着就说该有戏了,就往喜糖那一档子事上扯,让柳小娜

生气时都堵不住笑声。

好倒是好,就是房子麻烦些,可八字还没有一撇呢。还是大姐姐们提示得好,要投石问路呢,不可守株待兔,免得夜长梦多。女孩子等不及啊,花期就那么一阵子,这是经验。

谁知梦还没有开始,柳小娜就醒了,虽说郎干事至今连个女朋友都没有。

部队里还是不谈为好,谈了也给人一种说不清楚的印象,不是其他的因素。郎干事的道道儿相当地流畅,都无懈可击了:部队里男女兵不准谈恋爱,就是干部之间也是不讲为好。以前,大院里不就是有个女干部与人家士官谈恋爱,后来还不是散了,多是男的倒霉,按义务兵退伍处理了……

那个女干部,就是以前队里的一个大姐,柳小娜知道这事。

我真的还没往这方面想过,谢谢你如此信任。我要不是在部队上,早就……郎干事最后还说:小娜,你真漂亮真美。

别说了,再说下去就让人感到你们单身男军官们都有不俗的了。

男朋友很快就有了,也是驻地的,是市里挺气派的一家单位,房子、位子、票子、车子统统都有。柳小娜起初还有点感到失意,老是想起大李、郎干事他们,想起那朵幸福的羽毛和大喇叭里的那些让人激情横生的事儿,一想就要想好一会儿,走神的时候自己也没察觉。柳小娜从小就想做名女军人,做成之后就做出瘾来,还想把这一身军装烙在身上。可现在看来,自己以前是不是有点单纯得幼稚了?天长日久就想开了,不当回事起来,一到周末,也推着车子去赶钟点,兴冲冲的车影也挺迷人的。有时,男朋友心疼了,猴急急地开车进院里来接,这以后的日子,看起来是让人挺惬意的。

有三个多月吧,就要办事。两人都积极得有点渴望已久。后来,不知咋的,男朋友就多了份惊讶了,很谨慎很细心起来,像是鉴别古董似的眼光,常常被柳小娜直觉感应到了。

新婚之夜,丈夫发现柳小娜的的确确没有半点儿说不清楚的地方,就很开心,两个人蜜月度出了几年的幸福时光,似乎有说不完的话儿。只是后来,柳小娜没想到丈夫居然也说出了那句让她再熟悉不过的话:你们当兵的有时真让人搞不懂。

丈夫的温柔如水一般漫过:亲爱的,其实,你真太漂亮了……

爱 情 碗

爱情是条蛇,咬谁谁都得病得不轻,就像我和晴。晴这女孩怪怪的,我也不明白怎么对她一见钟情,爱得死去活来。比方说我们的早餐,按理说我在外漂泊多年,对故乡小城还是记忆犹新。小城虽没有叫得响的企业,但是小吃点心在江南一带小有名气。如此晴总带我到这家"随缘"小吃店吃面条,这不明白着病了吗?

晴,换一家吧?好几次我欲说还休。说真话,像晴这样才貌双全的女孩,被我一个落泊的生意人追上,这是琼瑶小说里才有的情节啊。家人们私下提醒,我也诚惶诚恐。我甚至怀疑她和那个诗人有点说不清楚。说起来是个雨天,小城的雨季总让人联想到一种叫诗的东西。那天一看到"随缘"店名,我就有了久违的亲昵。年轻的店主看样子和晴很熟。晴介绍说:诗人在小城大名

鼎鼎，都出过诗集了。诗人脸红了：惭愧惭愧，卖了十来本，还是文友们照顾的，眼下仅靠小店维持生计。今天真不巧，只有面条了。

晴妩媚的眼睛罩着我：那就面条？

如此，我能不说爱吃面条吗？

那天晴的眼睛老是盯着碗橱上的那对红碗。红碗如鸟一般栖在碗橱的上层，碗内两朵并肩的玫瑰伸出一种别样的凄楚。诗人就是诗人啊，一个"随缘"竟如此浪漫经营：碗橱里的几摞小碗都是浅蓝色，唯独点缀出的这对红碗是为谁而留？这时诗人的眼神正欲问晴，晴以一个极其轻微的眼神否定了，于是诗人端来一对浅蓝色的小碗。

一连几天，红碗和玫瑰老在我眼前晃悠，像是有个感人的故事诱惑着。我悄悄地去了诗人那里，看见红碗依然一尘不染，玫瑰还清香如昨。我问：我想用一下那只红碗，可以吗？

诗人摇了摇头，说：这不行，你是外地来的？……我们这座小城，虽然还不富裕，但是我们热情而又诚信。

这与红碗有什么关系？你摆着让人看的？我不解了，难怪小城没有发展呢？死脑筋嘛：不就是用一下吗？老板，要知道顾客是上帝哟。

上帝是不会觊觎爱情的。诗人换了两支带露的玫瑰：这碗是一对顾客，不，是一对情人留下的，他们说，这是他们的爱情碗。

果然真有个感人故事。诗人这才告诉我：

是前年吧，女孩带了位先生过来。听女孩说，先生是来小城投资的，准确地说，他是追求女孩才慕名来到小城的。先生想对闭塞的小城有所回报好博得女孩芳心。因而吃面条时，他总要带上一对红玫瑰。说心里话，我也被他们感动了，这不是活生生的情诗吗？听说先生挺浪漫，于是我特意为他们准备了这副红碗，他俩也给它取了名字，叫爱情碗。我想让先生知道，小城虽然落后，可小城人爱美爱生活，小城人讲究诚信，要不当年诗仙李白怎么也流连忘返？与爱情碗相伴的日子先生一直很开心，因为女孩不愿意离家，后来先生还是告别了小城。走的那天他们在这里枯坐着，眼眸只读着爱情碗，还有碗里燃烧的玫瑰。后来先生说，让我带一只走吧。女孩不让：小城容不下你，这也没人怪你，只要你有诚心，爱情碗会等你回来。这以后女孩还常来"随缘"，她自信地说，要是他再来小城，只要他看到爱情碗上的红玫瑰，他会再也舍不下小城的……

回来我把爱情碗说给晴听，没想到晴竟有了满脸的泪水。晴说：女孩错了吗？小城落后难道是我们的过错吗？谁不热爱自己的家乡？

我说谁都没有错。也许那位先生在外有了难处，现在生意不好做啊。说起这话让我想到了自己，我就是做砸了才回小城养"伤"的，没想到在这里听到了爱情碗的故事。我理解先生，因为小城的确没什么投资前景，我自己也必须出去，东山再起再衣锦还乡。

离开小城时，晴陪我又去了"随缘"，诗人看到晴满脸的阳光，似乎明白了，返身就要取下爱情碗，晴坚定地摇了摇头。

那是小城最让人难忘的一顿面条。这份难忘让大千世界琳琅满目的食品也为之逊色。这也使我在以后的每个早晨醒来，总要想起家乡的爱情碗。晴知道后寄来相片，背景是诗人碗橱里的爱情碗：想家了就回来看看，只是小城的心思你知道吗？

我说，我知道。

我还知道守望着爱情碗的女孩是谁，可我还不能说。

非 常 遭 遇

汗水流尽,口干舌燥,浑身无力,眼冒金星,头昏脑涨……整个人像是掉气一样,哪怕是再走一步,都是十分艰难。

直到这时,列兵刘珊珊这才后悔起自己的莽撞。

本来,因为身体原因,连长都安排了让她休息。这次五公里武装越野,上面可是动了真格的,要不然也不会选择这座前面望不见头后面望不见尾的云龙山。"但现在的情况是,既然来了,总不至于半途而废,死也要死在终点线上。"刘珊珊这么一想:再咬咬牙,拐过这道山坡,就能追上大部队了。

好不容易转过山口,前面空空的不见人,后面更是没有来者。刘珊珊真的要崩溃了:怎么办? 掉队了不说,还在半道上迷了路。

日头渐沉,天一旦黑了该怎么办? 刘珊珊不由地往后面望去,连绵几十里的云龙山还是一副望不到边的样子。就在她一回头的瞬间,一种惊吓如同过电一般地掠过全身:她的身后不远处,也不知道从何时起,一辆红色的出租车就这么一直在她的身后吊着,渐行渐停的样子,分明是瞄上自己了。更担心的是,车上那个戴着墨镜的壮汉,似乎又一再点头朝她狞笑……是狞笑,没错! 何况他的脸上,还有着一道长长的刀疤。那么吓人。

山风拂来,刘珊珊一个激灵,浑身冒起鸡皮疙瘩:妈呀,遇上歹徒了,这荒郊野外的,如何是好?

"兵妹子,你也别撑着了,上车吧? 我不收你的钱。这样犟下去,会伤身子的。"似乎听到了刀疤脸的一句咕噜声,刘珊珊懒得理他,只是脚下的步子却怎么也挪不动。索性,她选择了站在原地,心里却盼望着前面的战友发现自己掉队了,回过头来找她。

可是,还没有。只有刀疤脸和他的那辆出租车坠在她的身后,走走停停的,还不时按了几次喇叭。

"这小子到底要干什么?"刘珊珊拾起一块石头捏在手里,心想:刀疤脸真的要是欲图不轨,她是不会让他得逞的,自己好歹在新兵连也学会了几招军体拳,实在不行,就用石头砸中他的要害。

然而这一切担心却没有发生,即使没有,也只是眼前没有,可能是刀疤脸觉得时机还不够成熟吧。刘珊珊不由地强迫自己一路小跑着,尽管脚步如同灌铅一样的沉重,余光里的刀疤脸,却一直与她保持着距离,一边开车一边念叨着什么,似乎在等待着下手的机会。刘珊珊的火气上来了,她停下来,靠在山路旁的一棵树上,两眼喷火似的瞪着她,心里却给自己壮着胆子:我是军人,岂会怕你们这些鼠辈?

没想到的是,刀疤脸的车子也停了下来,只是马达并没有熄火。他一人坐在驾驶室里,丝毫没有下车的表示,只是冷冷地看着刘珊珊。

你是谁?干吗跟着我?心里一直想呵斥的话,可实在是没了说话的力气。最后说出的这几句,还是拖泥带水的:"怎么?想带我一截?"

"不行,真的不行。"刀疤脸摇下车窗,探出半个头来,那道刀疤在夕阳余光的照射下,亮得刺眼:"我只是跟着你,可不能带你。你这是五公里越野考核,如果我拉了你,不就违反了训练课目?"

"就你,还懂得这个?"

"兵妹子,我当过兵,在大西北干了五六年,不瞒你说,我的五公里武装越野,还破了师里的纪录。"

"那你一直跟着我,干什么?"

"我是怕你会挺不住,出意外……你别紧张,先听我说。"刀疤脸缓了缓气,三言两语地说了一件事,大意是他当班长的那些年,有一次,也是五公里武装越野,一个女兵掉了队,大家一直在前面候她,就是没想到回头找一找帮一下,最后,那个女兵竟摔倒在路边的一道坎里,落了个残疾。

"这是我心里的一个痛。今天看见你,我又想起了那个女兵。"刀疤脸似乎还想热情一下:那个女兵,长得还真像你。

"别套近乎了,谁相信你?你还真会演戏。"刘珊珊一狠心,抬起步子往前跑去。前面又是哪里,她自己也不知道,只觉得两腿发软,整个身子快要倒下了。

"听我说,你就别逞强了,当心身子会受不了的。"

"咸吃萝卜淡操心,有你什么事儿?"

"兵妹子,听老班长一句劝,这样下去,真的要出事的。"

"谁是你的兵妹子,这事与你无关。"话是这么说了一句,刘珊珊只觉得眼前一黑,整个身子软塌塌地倒了下来。朦胧中,她感到自己被一双温暖的大手轻轻托起,等到她再有知觉的时候,已经在驻军医院的一间病房里。

也只有在这时,她才知道了自己在那天,经历了怎样的一场遭遇。连长告诉刘珊珊,营救她的那人,还真是一名退伍兵班长;而且那名班长还有一个心愿,就是让自己今后的人生不再留下一丝遗憾。

连长说着,给她带来了一张当地晚报。晚报的《本市新闻》栏目上,有记者写下了一则新闻:

小女兵训练迷路中暑
好的哥救人不留姓名

本报讯（记者张婷婷）　昨日下午,曾获得我市"十佳的哥"荣誉的于兵,又一次伸出援助之手,救助了训练时因极度疲劳而休克的一位驻军部队女兵……

这篇新闻当中,记者还拍摄了于兵的侧面照片,遗憾的是,那道刀疤还是那样的醒目。

"刀疤怎么啦？一点也不难看,一定是好班长当年见义勇为时落下的。你看,它多像一枚勋章！"没等连长解释呢,病床上的刘珊珊,心里直想着为那位退伍老兵美言几句……

桃　花　雪

又有桃花在飘了,三三两两的,潜进那个盆子里来。盆里充盈的是黑黑的长发和白白的浪花。茸茸的黑发,如雪;蓬蓬的白沫,也如雪。那黑发撑出一些波波,盆里就似花溪般,朵朵游动的桃花也有了红帆点点的感觉。桃子掬了捧花溪,只是那帆上,空空的,什么也没有,没经得起几望,眼就雾了。

一回头,桃树旁多了双黑漆漆的眸子,就恼了:你这些天,烦不烦人？

新国他也真绝。不就是上了个军校吗？是吉成的声音。两个人是发小，还都喜欢桃子的小辫辫，可后来桃子的辫辫越挂越长了，披散开，一旋一把伞似的。那伞儿总想去趟部队上，好为新国他遮挡些什么似的。

吉成近了，说：这么厚的一头好长发，麦穗似的，新国他不配呢。

别这样说人家。桃子的眼又洇了一层：是不配，他的镰刀丢了。心上等的那个麦客不回头了，这一头好发，几多茬苦留到现在，亏呢。

那种担心，先前也有过，可起初认定了不会的。是在这片桃花的窃窃私语中悟出来的，想：人心怎么也似这桃花似的？风走心飞，说落就是一场雪？

花还在飘，如雪，舞得很自在。盆里浮满了红泡泡。拨开那层红泡泡，盆里那个挽了穗穗的人影也叹了口气：再清遍水吧，往后你还留这么长的头发吗？

说得好好的，抬眼又恼了，怨吉成：亏你还有手木工活，这样待在家里，有啥骨子？哪个会看上你……

转年，花苞苞又绽满了，是冬孕得嫩红的雪籽儿。那水，依然清澈澈的，晶莹剔透着。跟近的吉成想：短发也好看，可还是没有那穗穗好看，可又不敢说出声，怕自己也恼起了新国，就换了话，说再跑上半年，盖好了楼，也撑片桃花来。

是个军官，热天冷月的，就不回一趟？桃子总想当面问个明白，哪怕就一回，当然是在这片桃林里，头发是不会洗给他看的。你既然不稀罕，就算了呗，话儿可是要说清楚才是。可眼瞅着，花谢花飞，也没个影儿。连新国他妈，也尽绕着她，好几回在村口撞上,都浅浅地躲了。

　　花骨朵醒了,笑得绒绒的,看谁谁美,再望望还有更美的。吉成指了朵大大的,说着就要给她戴上。桃子闪了:它会疼的,你不懂,你怎么会懂呢。

　　反正也快了,早晚还不是锯了,做我们的新床？桃树辟邪呢。见桃子的脸上,是种有雪无雪的清淡,吉成吼出了一句,惊碎了几朵桃花,雾片片般坠了:再出去苦上一年,把楼竖得高高的,人不回来也气气他。

　　吉成接到电报匆匆回村时,树上只剩些痴心的桃花们,栖着,如朵朵残雪。有困了的,没站稳,就扯带下来一大溜,摊得地上松松软软的。吉成不解,问:就为了打一张这么矮小的短床,这么急？

　　吉成,哥……是头一回,这么喊的,还没收住,就有了两行雨丝丝从眼眸里探出来,映成串串的桃花雪。人就背过身去,刚一转身,桃树见了,悄声儿伸臂托了,又抖落了几朵红雪:哪里是个军官？是挖山洞,点炮。去年那会,桃花还才开呢,就让该死的哑炮给咬上了,空下来大半截身子……村支书说,乡政府也难,眼下忙着精简,裁人都搞得焦头烂额,还不如先接回家调养着……

　　桃花若雪,眨眼间就扑了锯树的吉成满膀子都是。吉成伐得很快,伸缩着的胳膊如练拳一般。好好的,停了,很久,一拳砸过去,又溅下来厚厚的红雪,人也像披了身桃花衣似的:有哥哥我呢,往后,我过来,帮你们。

　　新国他那身子,才这么点长,轻得像只鸟。桃子又说:前天我去,都抱过了,没费什么劲。

　　桃子再说了:多留几个桠枝子,等往后,花开了,我还要来这

儿洗头的,他最爱看了。

你也来看我的穗穗吗？这回,桃子不哭了。

静静的,这满天的桃花雪,红红的铺到了天边,盖满了大地。许久,锯子复又唱起了歌谣,是梦一般的曲子。还有的,是那所剩无几的桃花,零零散散地旋转着,远看,真的,如雪。

爱情总动员

"战士自有战士的爱情：忠贞不渝,新美如画……"20世纪80年代初,因为一场蓄谋已久的"阴谋",在指导员的鼓动之下,我们给老许成功地策划了一场爱情。

老许是我的班长,为连队的贡献几天都说不完。当兵到了五六年份上,因为提干的事一直没个着落,高不成低不就耽误了对象的事。到后来,家里联系的几个,都说老许的年龄有些大了。年龄到底有多大？后来,我们在指导员那里得知,老许已是第七年兵了,要是年底上头没有提干指标或是转志愿兵(相当于如今的士官)的名额,再怎么也不能留老许超期服役了。

团里出面还真有了面子。没过些天,老许老家的县妇联来了公函,说是联系上了一个叫李萍的女教师,照片上是一副知情达理似的小家碧玉模样。李老师对许班长没其他要求,只提了一样让我们头疼:当了七八年兵,家境穷点倒没啥,最好能有个高雅的爱好,比如说爱好文学什么的……

打灯笼难找的好事,那还愣着干什么？赶紧的,我代表全连答应了。指导员这么一说,老许可就为难了。因为他知道自己没什么文化,家信有时候还是我给代写的。

给李萍老师的信可真不好写。因为她爱好文学,还在市报上发表过诗歌。戏还没开场呢,要是老许一上场就给人家晾在一边,这往后的爱情还怎么谈?不行,得想个法子镇一镇对方,杀杀她的锐气。于是,我想了一计:我自己动手,以老许的名义,给军区《人民前线》报投了几篇新闻和文学的快递稿。没承想,一个星期之后,居然有两篇稿子见报了。

这下,指导员有底气了。我立即以老许的口吻写了一封信,先是赞扬了人民教师的园丁精神,末了,还把印有老许名字的样报随信寄了过去。没几天,李萍回信了,少有的激动之情,当即就有了想托付终身的那层意思。老许听我读着书信,脸上红紫紫的想必会发烫吧,还一个劲儿地搓着手:这事搞大了,要是露了馅,咋整?

管她呢,眼下只有先瞒天过海,这以后,你吃点大苦,多下点功夫补补文化课,特别是文学方面的。老许还真听话,这以后常看他捧着大部头文学名著,缩在一角使命地啃。没怎么啃,麻烦事来了,因为李萍看到老许的大作不仅上了军区报纸,还在《解放军报》的《长征》副刊上也发表了,激动之余,说要来部队看看。

这下,老许可麻头了,因为好几部文学名著,他还没有看出道道,李萍一来,两个人能谈出什么?还是指导员有心计,说给老师回封信,先拖上一拖,说要去北京,《解放军文艺》编辑部准备发表他的一个短篇,要请作者改稿,得几个月才能回来。

还是老师单纯些,居然真的信了。可是,说是到北京,两人之间的信件如何传递?困难上报到了团里,团政委动用了私人关系,他有一个战友转业留京,在一家招待所上班。团里让我们回信说,老许住在这家地方招待所,两个人的信件可以通过招待所中转……当然了,对许班长还交代了一个重要任务,就是以后的信件写得更要才华横溢才行,而且从现在起,要模仿我这个秀才的笔迹。

事实上,李萍的信件寄到北京之后,团政委的战友连忙托人寄快件过来,我们这边的信件也是,只是频率要大大降低。毕竟,团里出面为一名老兵策划爱情,说到底也是一件劳民伤财的事。

于是,我倒有些儿作茧自缚了。买来《文笔精华》不说,又不停地在文学名著上寻找好词好句。比如说有一封信就是这样的调子,哪个女孩也会被感动得心里暖暖的:萍儿,有空你也来北京,好吗?看啊,香山的枫叶快要红了,等到秋天,我的小说发表了,我用稿费买一条白色的围脖,再请你逛逛香山,好吗?踏着落满红叶的山道,我们徜徉在文学的小路上……

其实,哪有这些啊,还小说?还稿费?八字也没有一撇呢。几个月后,老许从"北京"回来了,李萍的信里一再问起小说发表的事情,这让我们无以言对,只能在信上屡屡引开话题。要不是有指导员力挺着,我们都想坦白从宽了。没过些日子,老许收到了一封加急电报,是李萍拍的,说是"父亲病重,速归"。

这可就麻烦了。这场"阴谋与爱情"将如何收场?指导员一眼看出来了,此电报有诈,估计是老许未来的岳父想来个"蒋干盗书",咱们就来他个将计就计!

这个计策就是:老许先是在厨房里学上几道拿手的菜,再背上几首唐诗宋词,好关键时刻能撑一撑门面;部队上只批了两天假,除掉路途时间,在李萍家也只能待上一天,这一天里,尽量不要与李萍谈文学,有空上菜市场买几个菜烧上一桌,陪她父亲喝上几杯……好在老许毕竟在部队这个大熔炉锤炼了七八年,执行能力特别坚决,再说县妇联的同志送来了情报:李萍父亲也是个老兵,想找一个当兵的做女婿。

果然如同指导员所料,李萍父女俩的这点小伎俩,被我方猜个正着。看着许班长带去的作品剪报簿,还有品尝着一桌好菜,这老少两代军人还真喝了个尽兴。一开始李萍心里头还有点犹豫呢,最后还是父亲定了调子:小许啊,要是这次还提不了干,就退伍吧。凭你这支笔杆子,还有这手好厨艺,我看这以后的前途错不了。要不这样吧,要是今年秋天退伍,我们就把这事说定了。

那还等什么呢,快刀斩乱麻,见好就收呗。老许一回来,我们都是这样怂恿着。

秋天说到就到,老兵退伍,老许名列其中。那天,大解放车停在连队门口的时候,我还在哨位上,心里如同猫抓的那个急啊。等到我刚一下哨,大卡车就从眼前过去了。我努力地往车上望去,没有看到老许的影子。就这么眼泪汪汪地回来,刚一进班排宿舍,却见门口停了上街买菜常骑的那辆自行车,卸了领章帽徽的老许正在屋里等着我,说是一会儿骑车赶去火车站,还来得及。

老许拥抱着我:好兄弟,谢谢你。往后,还得多教教我,离开组织,我心里还是有点儿虚。

"班长,抽空多看看书……还有,对嫂子好点。"我有点泣不成声了。

"我会的,一有空,就给你写信。"离开营盘的老许一步一回头,反复念叨着的就是这么一句话。退伍的头几个月,还常见他来过信。如今,一晃几十年过去了,我与班长的联络渐渐断了。

也不知道,这场用"阴谋"得逞的爱情,后来怎样了?

叫 你 声 姐

话务班长谭燕的确被眼前这淘气的电话指示灯给气得不轻，那个亮着红光的小灯如同与她在捉着迷藏。是哪个兵的恶作剧？还是谁有难言之隐？

幸好，这是假日之夜，电话线路不是很忙。

即使不忙，有事请说话呀。谭燕真的不知该如何处理这事了。问他要哪儿？也没见个反应；刚一拔下，过会儿又闪了起来，好几次都是这样的欲言又止，你说能不气吗？

这条线路的那端，连接的是距离集团军军部好远的一座僻远山洼子里的一个连队的电话机，不用查她心里也清楚，那是军直属队的侦察连。

再等上一会儿，听筒里有了丝微的声响，声音很低，一点也不像是玩笑的声音。"也许，还真的有什么事情不好说？"

谭燕的性格里，天生有这样一种优良品质，越到繁杂时还特冷静："要哪？请问你要哪？你倒是说话呀？"

"我也不知道……"这回，声音听准了，是一个嗓音还稚气十足的小男兵，谭燕自信地估计，对面的那个兵绝对不会超过18岁。

"是不是想要家里？"望着窗外的一轮满月，谭燕也想起了自己。几年前的新兵连那会，在一个大山洼子里，那时的自己，不也有这样的想法吗？只是那时，哪有机会碰到电话呢？

"家？真的能要到吗？"这么一说，听筒里的声音有了些惊喜。呀，这个小男兵还居然当真了？

"想和妈妈说说话，还是想……"谭燕的声音柔柔的，要是这话音儿织成了一条丝巾，现在没准会挤出水来，还是咸咸的。

"我没妈妈了。我的家在乡下，老远老远的，坐火车也要两天两夜……"声音渐渐地细了，间隔了好一会儿，才冒出来一句："我想我姐。"

于是，谭燕的心情随着电波，也飞到了月光下的侦察连，仿佛在那个大山深处，连队门前的那块草坪上，她看到了这个可爱的小男兵，个子不高，大檐帽在头顶上都戴不稳当，嘴边连一抹胡须桩桩也不见，只一小笔似有似无的轻描淡写的茸毛毛。听男兵说，连队在外野战训练有一个多月了，他年龄小，好多训练器材还扛不动，只得与后勤的几个兵在家留守，还种着一大片菜地。他刚18虚岁，高中一毕业就来了。不来不行啊，他自小没了爹娘，要是考上大学，那四年的学费上哪儿凑呢？他之所以还能长大，多亏了一个年长他十岁的姐姐与之相依为命。这些年来，姐姐为了他什么都舍下了，还拒绝了好几门亲事。直到他当兵走时，才答应了最后的一门亲，还是个三十好几的泥瓦匠。临走前的那个晚上，姐抱着他，两个人哭了好久。姐说她能让弟弟当了兵，这辈子也算值了，自己都一大把岁数了，还能要求男方家什么条件吗？

"那……"谭燕真的不知该问什么好了。她只得静静地握住这只电话，生怕他的声音如一根丝线说断就断了：姐不识字，他也很少写信，前几日，他收到了姐姐托人写来的信，说姐要嫁了，就在这个月，那个月亮最圆的那一天，你要是想姐姐了，就望着天上的这轮月儿吧……

声音弱了，隐约还有着抽泣的声响，仿佛那满地的月光化成了一条溪流,从那个大山深处浅浅地涌来:"你能不能告诉我,我姐她能听到吗?"

"能,当然能听得到的。"谭燕抹了一把眼睛上的水雾:"我妈说过,亲人之间有种心灵感应,不管远在天涯海角,再远也能听到亲情的呼唤。"

"那我明年的今晚,还在这里喊她,行吗?"声音里突然迸出来一声哭喊声:"姐姐,你真好;姐姐,我想你。"

"好弟弟……"谭燕再也撑不住了,她连忙拔下了插头,看着那盏指示灯眨了一下眼睛,消失在月华如水之夜。

月上柳梢,天地俱静。那轮圆圆的秋月啊,如同泪水擦洗一般。姐姐的好日子,就是今晚吗?

年底的时候,谭燕就要退伍了。看着原先带着值班的刘萍将要接替自己的岗位,一种慈爱的暖流涌上心头。她告诉刘萍:"明年的秋天,也就是中秋节的晚上,要是侦察连那边有个电话找我的话,你能帮我转到我家里吗?那是我在侦察连的一个弟弟。"

"弟弟?班长,你啥时有了一个亲弟弟?一直没听你说过啊。"刘萍的眼睛瞪得圆圆的,也是两枚大月亮呢。

"是真的,别忘了,肯定会有一个电话的,那个电话就是我的弟弟打来的。"谭燕说着,转过脸去,想了想,又转过来,重重地按了按刘萍的肩头:"拜托了,好妹子,这件事,你可替我记住了,就算姐姐我求你了。"

叶　子

　　叶子的信来了,问:那叶子,该落了吧?

　　叶子说的是照片上的叶子。那上头,中士正倚树荷枪而立,那片林子吐着簇新的翠,点缀着这方宁静。

　　中士,第三年兵,班长,大上海来的,入伍前开TAXI,水厚得很。老家那儿,把钱说成水。叶子,跳舞的,在一家工厂的演出队,舞起来,真似片叶子了。

　　秋夜的风轻摇着这一溜烟的叶子。叶子脆生生地响,常常与中士梦境里叶子的舞姿产生同步的组合。

　　叶子的信又来了,问:还没有落尽吗?

　　没剩几多了,快了。是快了,中士想,日子是有点经不起数,说快就快了。说不定年底就走人了。营盘铁打兵如流水呀。可,是走是留,也不能全随自己,咱现在是组织的人了。

　　叶子落尽了。秋走了。冬到了。冬的梦境里连叶子的舞步也没了。没有叶子的日子,就不怎么轻盈了。

　　今年不回了。这边离不开,留了。

　　又寄去一张照片,刚摄的。只是那树那峰那峦那人之间,已没了油油的叶子。

　　叶了只有待开春后才有了。

　　想了想,有了。在照片的背面添了句诗:在您的枝头/我愿/

化作一枚/永远的叶子。

叶子去了趟大山,说:莫愁呢,一年也不长,大男子汉,该做棵大树才对。怎么也女儿家的似水柔肠起来?没出息呢。

那枝头不是指你的,是象征,象征呢?起初中士还想解释一下,可想想,也就算了。说清了道明了就没意思了,错就错吧,兴许还会错出一段美丽来。

满街的枝头,又在泛青了,你们连里呢?

也快了,真的快了,新兵一下连就有了,他们才似新的叶子呢……到时一定再寄一枚回来,忘不了的。

谁稀罕,你当是香山红叶呀。

红叶才比不上呢。红叶只醉一秋。这叶子季季年年都在支撑着满天满地的新绿呢。是支撑,不仅仅是点缀,你说呢?

嫂子来队

好端端,也没个预兆,嫂子来队的事说有就有了。

嫂子来队,对兵们来说,如同一个不是过年的春节,连队一下子有了新的气象。比如,到了翌日,连长走路就不像以前跺出很大的声响了。

有兵从通信员那里探知:是连长皮鞋的鞋掌,悄悄地拔下来了。

鞋掌拔了?我们的连长,这不就没有以前"威严"了?

甲兵说:过道里安静了。嫂子好。

乙兵说:让人心里觉得官兵平等了。嫂子好。

丙兵说:嫂子懂心理学,与兵同乐,这样一来,我们的连长更有威信呢。嫂子好。

丁兵说:当兵如学童啊,一个怵连长,一个怵老师。还是嫂子好。

…………

周末,连长去营里开会。兵们被嫂子唤入屋内,娘家兄弟似的呼呼啦啦一大帮人,七嘴八舌地说着话。嫂子脸红了:你们想多了,嫂子没你们想的那么好。孩子才满月,书上说,每天要让孩子睡得足足的。这一到夜里,你们连长要是查哨时,叮咚哐当地乱响,那可怎么行?我是怕他的鞋钉吵醒了孩子……

认 识

我感觉自己这段时间的健康出了问题。

当然,这事只有我自己清楚,即使妻子一再安慰,说是没事。这么一来,她越安慰,我心里越没底。我老是觉得心脏时时在提醒着它的存在,这不能不让我对健康产生了怀疑。毕竟,身体里的哪个器官老是不安分,那准得有事。

好在,我认识集团军卫生所的刘军医,我决定找他,熟人好办事不说,心里多少也有个底。

还好,一去就找到了。前前后后检查了一番,刘军医说,没事,小毛病,真要像你想的那样不早趴下了?吃不吃药都没事,你

要是真的想吃,就给你开一点。

又是那一小袋药,就是部队里常见的那种,连个药名也没有,每回如此。回到家,干脆扔到抽屉里,看都不想看。

这回决定真的不吃了,以前吃了不少,又有什么用?

妻子不依了,说换一家医院,大一点的,军区总医院怎么样?那里,我可以托人找到门路。

想想她说的有理,也就不好再说什么。妻子慎了:你在部队这么些年,好歹也是一个军官,就不认识一个医生?

要说认识,当然数刘军医了。可一个小卫生所,能有什么好药?这年头,好药都在广告上。广告说了也不能乱吃,特别是心脏上的,要遵医嘱才是。

这么一想,还真想起来了,是我在某旅写书时认识的张斌介绍了一个人,是集团军某医院心内科的黄主任。

认识就行,管他拐了几道弯,总比不认识好。妻子心情好了,说明天我们就去,找这个黄主任。

黄主任还真好找,一找就找着了。认识人就是好办事,黄主任给我做了心电图,又开三天药量,还说吃完了再来,吃这种药包好,根本不需要住院。一路上妻子那个乐啊:你看人家黄主任开的药,看看药名就让人舒服,心得安,一听就是好药,这往后咱心安理得了。

三天药量吃了两天,就像是什么事也没了。晚上我说不吃了,妻子还要让我坚持一下。她边说边又下床给我拿药。我说拿就拿吧,你倒是快点啊。

妻子急了:药袋子漏了,满抽屉都是,剩下的6粒和以前的混在一起,不好找了。

怎么不好找?我过去一看,还真不好找。药片片都是一样的,比孪生双胞胎还要像。算了,赶明儿再找刘军医,开一点"心得安"。

刘军医一见我,就说:其实你那点小毛病,吃不吃都没关系。也不怪你找不到那几粒药,前几次给你开的都是"心得安",这药也普通,毛把钱一粒。你这病,完全是心理因素。

回来给妻一说,她不高兴了:还是认识人好,不然,刘军医能对你说实话?以后碰见张斌了,好好谢谢人家,认识人总归好办事。

妻见我没表态,语调软了:你说是不是啊?

我说,行,我听你的还不行吗。

"只要老公健康,我就什么都听你的。"妻子眼泪汪汪的,临睡前还在我脸上来了个"Kiss"。

秋　　夜

秋月攀上山岗的那会儿,来香就收拾好了碗筷。月华初上,清凉如水。来香说,修仁,我在家看着电话,你出去耍耍吧。

见男人愣着,女人又添了一句:不要紧的,我一人在家,没事的。

说的也是,这部电话才装了个把月,生意还行,到底是个过日子的女人,还真有心计呢。修仁心里也是甜滋滋的:又谁会想到呢,以前自己在外面待了好些年,村上变化可就大了。就说这次,前些年那个下放到村里的上海知青,回城后发达了,就是两个月

前吧，说是在北京又包了一个大工程。这个知青还挺感恩的，一下子从村子里唤走了60多个农民工，好多人长到几十岁了，还只是在电视上看过北京的样子呢。村上的这些人去了北京，陆续地来信说，那里做活真的很来钱。

也有人催修仁去北京，好几次都有点动心了，修仁还是没开口。有人说是因为舍不得来香，修仁也没否认，这些年在外面，家里家外的哪样不是人家来香罩着？正好父亲老了做不动了，修仁就接了班，做电工。这个差事得有人接着，这么大一个村子，哪能离开电？再说父亲这些年，虽说没挣多少钱，但名声一直好着呢，到了儿子这辈，可不能只想着钱呐。前些年在外面，自己可是受了不少教育呢。

京城好是好，就是远了点，信走得慢。修仁就想着自家装一部电话，有些人家不识字的或是嫌麻烦的，还有的要是有了急事，还是电话省心，再说价钱也不贵，能保个本就差不多了。村里的干部们不也说过，照这样下去，以后也没有人发什么电报了，打个电话多快呢。

月色的脚步在地上赶得紧，隐约地听，似乎还哗哗作响。来香把门拉开了，看看开得还不够，又撑大了些，她一个人傍在门口往外面看。村子大，人多且杂，来香就想着小娣一会儿要上门，毕竟两个人说好的了。

小娣儿子刚结婚，背了些债，只好一发狠去了北京。小娣心里挂不住，常常滋生出想打个电话问问的念头。前几次来，都是修仁在家，小娣不好开口。来香看得出来，女人嘛，只是小娣你想多了，修仁心肠儿好，哪里计较这些？

天上的云厚了，月亮也阴了脸，还是个卵石脸，快到十五了吧？夜风起了，天凉了，一晚一个样。也就是前年起吧，修仁刚从外面回来,满身儿是劲,一到晚上,总是忙在路上。全村好些自然村,线线拉拉扯扯的足有几百里长,爬上爬下的,辛苦着哩,一次也没多收人家一个子儿。今儿个秋起,修仁就说了,要把线路再整治整治。

来香就没说什么了。电线这档子事,一到冬天更离不开,这个秋天,男人真是闲不下来啦。村上男人多是去了北京,这些出体力的活,怎么说他也要多做些才好。

小娣来得很晚,一问,居然还不是来打电话的。来香笑了,你打就是了,现在过了晚上九点,电信局收我们一半费用,一分钟才几毛钱。小娣的眼睛一亮,问,真的是这样?来香说,怎么不是?往后你跟乡亲们说一下,一到这个点上都是一半费用。小娣说,那敢情好,北京那边早就是这样了,我儿子信上说,那个知青还揣了只砖头大的手机,边走边和外面打着电话,根本不用接什么电线的。

小娣就动了心,只是那边的电话老是占线。来香说,没事,打不通也不要钱。小娣急了:要是这样,你不贴本吗?修仁要怪的……

他才不是小气的人。来香的脸热了,幸好月下的小娣看不真切。呀,也是的,到月底电话单子下来,修仁真的不要说些什么才好。

一说起修仁,小娣这才惊叫着,说真不该忘了,差点呢。你男人在德文家忙活,那个孤老家的电线坏了,他一个人走不开,央我过来讨一卷胶布……哦,你可别说,修仁这男人,你上哪找的?这阵子挨家挨户地上门修这修那的还不收一个子儿;前儿个晚上,帮我家拆装电泵,忙了大半晌,走时不收钱不说,倒了碗茶水,还喊不住他……

月色晃了起来，是窝在月儿旁边的那一坨坨云儿散了。小娣走了好一会儿，来香还坐在门口张望：好你这个老闷，还真能听话，这几年兵还真是没白当……

　　来香的脸发烫起来，她出了屋子，看着天上月。一阵风过，让她有了一个激灵：呀，我怎么这么粗心？出门时修仁穿得单薄呢，要不要喊他回来？这深秋的山风，尖着呢，以前在部队上天天锻炼着，身子骨壮，现在退伍好几年了，哪能光靠部队上积攒的老本扛呢？当了几年兵，身子就成了钢铸铁打的？就是这样的话，更要心疼着呢。

第四辑　千骑卷平冈

点评:喻晓(《解放军报》文化部原副主任,资深评论家)
作品:小小说《叶子》——首发《解放军报》1999年7月23日。

　　作者在小说中没有铺陈情节,主要是通过信、照片、叶子等"中介",写人的心理活动。叶子的变换,就是岁月的交替,就是心灵的成熟。
　　两片叶子交相辉映,辉映着美丽,一种淡淡的美丽。
　　一篇微型小说,能让人感到美丽也就可以了。作品以散文的方式叙写,显得跳跃而轻盈。其实,一篇微型小说,不一定要有完整的故事情节……

楼上的女孩

认识楼上的女孩纯属一次偶然。

大概是五楼吧，还是个双休日，我去找女孩的父亲有事。只是不巧，他不在家里，不太宽敞的屋子里只剩下她这么一个女孩。

我并不大了解这个女孩。她的父亲在我们营院里，离这儿挺远的，我只知道这个女孩像是上高中吧，应该是高二的样子。一问，却已经是高三了，距离高考的时间对她来说，挺金贵的。

当时，我欲告辞。没想到女孩问出了我的姓名之后，眼眸立马鲜活起来。女孩虽说是理科生，但骨子里迷恋的依旧是文学。聊了几部文学名著之后，女孩竟然知道我的一些情况，尤其是我近年来在几家中文核心期刊上发表的几篇重量级的小说，她也如数家珍。最后，我才知道，那是她父亲在家里无意中说起的。

记忆深处让我想起来，我参与策划过一期中学生黑板报，是去年底，内容是纪念"一二·九"运动的。那次为这期黑板报，我与她父亲还有过一番不浅的争执。也就是那次，我才在他的桌面玻璃板下看到了他为女儿列下的各学期学习成绩走势曲线图。也难怪他，当兵的一忙起来就顾及不了家庭。军人之家，都是这样的。

看起来女孩的近视颇重，好在镜片之后的眼神生动依然，偶尔的笑容自然得体，对文学作品的见解也蛮有深度……而当她的母亲归来之后，我才有了告辞的契机。

临别前她还要了我的地址,说抽空寄几篇习作过来请我指正。因为她从小的愿望就是做一名像冰心老人似的作家,眼下只是为了迎战高考,不得已而为之。见我疑惑,女孩急了,说是真的,还来了一句"拉勾,上吊,一百年,不许骗人"的承诺。

倒是她的母亲笑了:这孩子,说着玩的,功课那么紧,哪有时间啊?

我只得辞别。当我下到楼底,起身回眸之时,意外地感觉五楼的那扇窗户有了些响动。我不由得回首仰视,果真是那扇窗户里有了朦胧的身影在晃动。那个影子连同那隐约可见的笑容是那样的熟悉。我悄然而立。只是那窗户许久也未开启。那个身影起初一直是定格在那儿,像是犹豫着什么,有好长的时间……终于,就那么一闪,再也寻她不见。

生 命 如 歌

列兵李晓丹压根没有想到,师里的宣传科徐干事径直到了她们的通信连,而且直接"钦点"她参加师里的文艺集训队。这个机遇像是从天下掉下来的馅饼,李晓丹没想到自己居然被砸中了,而且还被砸懵了。

平时很少露过笑脸的指导员,这次破例地堆起了一层浮笑,一连说着鼓励的话:机不可失呀,这次要是搞好了,能参加集团军的业余文艺会演,演好了再选拔到军区,那就是糠箩跳到米箩了……凭你的实力,拿个名次应该是容易的事。

集团军里要是能拿个名次,士兵可以立功,军功章证书直接寄到家里。徐干事又适时地补充了一句,这一句在这个节点上说出来,挺起作用的。

那一刻,李晓丹有点被那枚金光闪闪的军功章击中了。能歌善舞的她,当年就是以文艺特长招进军队的,新兵连一结束,谁知这个特长根本没有施展的地方。李晓丹就有些眼泪汪汪地给妈妈写信,毕竟家里为了培养她的这种天赋,那些年也上了不少的兴趣班,花费也是相当的一笔数目。不过,妈妈信上还是劝她:这次不是机会来了吗?苦心人,天不负……

一到集训队,李晓丹练起来就没日没夜的,像是与那些训练器械有仇似的,整个人仿佛就是一个租来的机器,急等着要还人家似的,跳累了就唱,唱累了再跳,有时任性起来谁也劝不住。两个月下来,人苗条了一大圈——没办法,军功章的诱惑太大了,要做就要做到最好。这也是妈妈从小把她送进兴趣班时,反复说过的一句话。

到底还是应了那句话,功夫不负有心人。李晓丹的节目确实代表集团军(同时也是代表师)拿下了一个很重要的名次。集团军文艺集训队从军区凯旋之时,李晓丹破例提前给妈妈写了一封信,还预告了一个天大的喜悦让妈妈猜。她想,等到下一次妈妈回信到了的时候,这一切的荣誉已经花落头上,她这次可不想让妈妈的情绪跟着她大起大落,妈妈这一辈子为了家里生命无歌,何况这次的立功名额,好几个领导都私底下许诺过了。

文艺集训队快要肢解的时候,总结大会这才姗姗来迟。徐干事的想法也是,这时候大家人心惶惶各奔东西了,也没有人会在意立功评奖上的一些不确定因素,除非那些对某个奖项特别看重的。更何况女兵们有的早早地去了市里,小吃一条街上到处是一身便服的她们忙碌的影子。等李晓丹狠狠地解了一回馋之后回到集训队,更让她感动的是徐干事亲自到门口满脸笑容地迎接。让徐干事没有想到的是,这次迎接的还真是一个"除非",几句话还没说出来,李晓丹的眼睛就清楚地告诉了对方,而这时的徐干事的眼里也像揉进了另外的一种内容。

"这次的名额有限,再说队里的老兵也多,他们都是要走的人了,这些年也不容易……明年,集团军的文艺集训队还要开班,有可能还要参加全军文艺调演,到时候,我们还有机会。"徐干事的话语,让李晓丹突然绽出来的一个笑容给折断了:"别说了,没啥的,反正冠军我们拿下了……谢谢首长,你的意思我明白了。"

等徐干事满意地离开准备急匆匆地向处长汇报战果的时候,李晓丹的眼角立马湿了。夜静得让人窒息,李晓丹缩在床上悄悄地哭了,后来声音越来越大,一时谁也劝不住。

天,终于亮了,明天的集训队就要解散。李晓丹请人在集训队前照了张相,一脸的笑容像是得了军功章一样,她想告诉妈妈:有时,生命真的像歌里唱的那样……

问　　路

准确地说,那个女孩窈窕的背影,是从那条马路的尽头……不,是那条马路一拐弯的时候,进入了兵的眼帘。

当时,兵的心里就有了一种触电的感觉,几乎差点儿叫出声来。兵不得不承认,这个女孩的背影,是一种说不出来的美。

也就是一瞬间，兵是被女孩的背影给迷倒了。于是，兵就悄悄地跟在女孩的后面，自行车的速度是不紧不慢的，两辆自行车就这么一路跟着，远望如同女跑男追的那种模样。

这天，是周末，本来也没有多大的事，兵不大想上街，准备把这个机会让给班里的战友们。可环视了一下，班里还真没有人说上街的事。兵和这个连队的战友们，也是刚认识没多少日子，大家天南海北地过来，到这个位于城郊的教导队集训，说是六个月，成天待在乡下，日子煎熬啊。想想好不容易一个周末，这个名额要是不用也就作废了。兵想了想，觉得自己在营盘里也的确是待得厌了，再要待下去，弄不好身体上的哪个零件会生霉了上锈了一般。于是，兵就借了炊事班的自行车，在这个小镇上转了一圈，想想也没啥好转的，片刻工夫，连忙往回赶的当儿，看到了这个迷人的女孩的背影。

最初，兵看到的是女孩的长发。说是长发，也不算太长，过肩的样儿，但对于兵们来说，这就是难得一见的长发了。女孩本是一头的黑发，却微微地烫了些许的卷，还焗了油，中间几小束的颜色是淡淡的黄，有心无意似的，两侧随风散开，一晃一翻的，像是翻动的书页，又似随波的浪花，还有一种类似骏马奔驰时马鬃飘曳的样子，有点儿引得兵的周身热血偾张。

只是没跟多远，女孩察觉了，一回头，冲着兵来了一个甜甜的笑。这下好了，两张脸这么一碰面，兵就有些发烧的样子，想都来不及想，就说出了这么一句。

哦，原来是问路？女孩一笑，那意思是说，难怪跟得那么紧呢？

兵又只得笑了笑，好在士兵外出时，穿的是便装，要不然，跟着女孩这么紧的一路尾随着，让人家看见，还真以为有什么来着。

兵问的是另一个镇子,这个镇子就在教导队的前头,沿这条公路一直往下骑着,只是……要是真的去那个镇子,等会儿就要走回头路了。

可是,现在的情况是,既然说出了那个镇子,也只好如此了,要不然岂不闹出了个乌龙?再说了,除了那个镇子,教导队这一带,兵还真的没怎么外出过,能知道有这么一个镇名,关键时候顶上来,好歹也没有露馅。

没承想,女孩甜甜地回眸一笑:哦,外地人吧,刚来我们这里?

此时的兵,自然是点头,算是默许了。

女孩又一笑,让兵感觉挺意外的:那就跟我走吧,我正好去那里,咱们同行,顺路。

这一下,轮到兵有点紧张了,也许瞠目结舌就是这么一种意思吧。兵只得低头骑着车,一直跟在女孩的后面。女孩呢,也耐着性子似的,慢慢地骑,似乎不愿意忽略路旁的风景,更不愿意走马观花一般。很快,女孩头发两侧那淡淡的黄,那个似马鬃一样飘曳的淡黄,旋即降落了,直垂下来,也是一幅好看的风景。

好在,离那个镇子还有些路,于是,女孩有了些话,有些是无意中说出来的,有些倒像是诚心问出来的,还有一些有点像是没话找话似的……只是,路旁的教导队营院渐渐地向自己走来。

这条路的一侧,有一条道儿直通那座寂静的营盘。

眼看就要拐弯了,兵有点犹豫,目光不由地往那一侧扫了一下。女孩看出来什么似的,突然停了下来,脸上还是灿灿的笑:兵哥哥,再见了。

兵的车也停了,更多的是一惊,你怎么知道我是当兵的?

哪有你这么问路的?一听你的口音,就知道不是我们这一带的……女孩笑了,你们不是前一阵子才来的那批集训的兵吗?出门在外,难得路上遇上了,大家一路说说话,不也挺好吗?

兵的心跳得厉害。只是这一路,自己好不容易想出来的问路,人家全都知道了?

没事的,没事的,一路同行,不也挺好吗?女孩摁了一下车铃,挺脆的那一种:兵哥哥,我也有个弟弟,在东北当了大半年兵了。每回信上说,一个班在大山洼子,闷得慌,时间久了都快不会说话了,有时遇到了一只树桩,都想说上几句……大家都是当兵的,咱好歹也算是军属,那种寂寞,你懂的。

寻　　找

李晓东在部队上的那些年,每一次探家,都坚持坐那种绿皮火车,而且从来不买一次卧铺。他的部队在苏北徐州市,老家在皖南宣城。每次探家南下,李晓东只认定坐那一趟车:145次,从长春开往温州方向的普快。他在中转地带的徐州站上车时,一般是临近子夜时分的11时40分,到家时是早上的七八点钟。

坐这一趟车,有人以为他是赶夜里的这几个小时,因为探亲假是从翌日开始计算;也有人不理解,说他赶这趟车不划算,因为这趟车上的旅客特别多,途经徐州时下车的很少,因而上车后几乎打不到什么座位,有时就只好一路站到宣城;要是到了春运那会儿,满车厢里都塞满了人,有一次他被人流挤得睡着了,双脚还一直是悬空着的。

尽管战友们知道后众说纷纭,可李晓东依然我行我素。更让人不理解的是,他每回坐这趟车都要穿着军装。你想啊,部队上的条令条例也做过要求,军官探亲可着便装,也可以购买卧铺票。他倒好,一直坚持买硬座票不说,军装也一直不换。这样一来,只要他一上车,也不好与旅客争抢什么座位,有时好不容易有了个空位置,屁股刚一坐上去,到了下一站,看到有些旅客故意往他这里凑时,自己就立马二话不说地让了出来。

首长知道了他在火车上做好事的经历,准备好好地宣传弘扬一下,毕竟这也是在本部涌现出来的一个学雷锋典型。然而,面对记者采访时的询问,李晓东却一再婉言谢绝了。最后,记者再三追问之下,他这才说明,自己并没有做好事。他之所以坚持这样做,完全是为了了却自己的一个私心,因为他答应过妻子,一直在寻找一个人,而且这份寻找十几年下来,也没有找到。

李晓东的故事还是被记者挖掘出来了,首长知道后,只是叹了口气,一转脸,还是给他竖了个大拇指。

原来,李晓东的妻子,有一次含泪给丈夫下达了一项必须要坚决完成的任务,就是在南来北往的列车上,帮她寻找到一个面带微笑的中年男人。虽然那个男人的模样一直记在心里,可就是说不出来。那一次,连长李晓东的孩子快一岁半了,自己还一直没照上面。妻子不忍心了,准备千里迢迢地去部队,上车之前还打来了电话,让丈夫到时接站。李晓东知道,自己的妻子一直晕车,以前来队的几次,都是自己请假一路护送的。这次,没想到上级突然来了紧急任务,他一时走不开,最后还是留守处的战友们前往接站的。任务完成之后,李晓东这才知道,妻子这一次来队居然一点也不晕,因为车上有一个面带微笑的中年男人知道她是军嫂之后,立马给她让座。这个中年人半途下车之后,还一再给车上的旅客和列车长打着招呼,请他们关照这位赴部队探亲的军嫂母子……

　　也就是那一刻，李晓东答应了妻子，如果有可能，他一定要找到那位好心的中年男人。这以后，每年坐车，他都主动让座，特别是看到有抱小孩的妇女，他就想到了当时的妻子一路的奔波。

　　这些年来，李晓东一直是这样做的。后来，他有了手机，每让座一个，他就给妻子发出一条短信。他坚信自己，只要这样寻找下去，一定会有一个让他欣慰的结局。

　　只是不知道这一辈子下去，还能不能寻找到当年那个有恩于她的人？即使找不到，也要这么一直坚守着寻找下去。李晓东是这么说的，也是这么做的。只是，妻子有了些担心，说咱们坚持了这么些年，也对得起自己的良心了。现在，这种绿皮火车快停运了，而且高铁动车什么的，都是实名制购票凭票上车，你就是从始发站坐到终点站，也不一定遇到一个需要你让座的；就算是到了春运，现在也不是当年的铁老大了，飞机、轮船、汽车还有私家车，你单单守着一条铁路线，要寻找到哪一天是个头呢？

镜　　子

　　通信团某股干事小马有一面镜子。镜子是那种很普通的圆形小镜，平日里小马用过之后就塞进抽屉里，可今天一大早走得急，镜子就随手放进了衣兜里。

　　干部处袁处长一大早就来电话了，说军长要到通信团来。

　　军长是月初到任的。军长在这个军区以治军严谨著称，最有名的一个说法就是他担任参谋长的时候,一到检查内务卫生时就喜欢戴着一副白手套摸来摸去。军长前一阵子就发过话了,说建军节前后要到军机关附近的几个独立单位走上一走,没想到头一家就来到这里。

军长在军部大院简直就是严格的代名词,这点从团长一大早紧锁的眉头上即可读出几分。小马随团长去各连转了好几个圈子之后,就早早候在团部大门口,电话通知的八点,现在已经过去二十分钟了。

等人的滋味不大好受,尤其是久等不来,而现在是不敢不等,因为等待的是堂堂的一军之长,万一就在你走神之间,军长的车开进来了,那将意味着什么?就在这种苦熬之间,小马无意间发现团长身上的显著位置有个错误。错误看起来也可以理解成微乎其微,可一旦军长较真起来,那也是个可大可小的有伸缩性的错误,后果是难以预料的。

夏天的早点还不算太热,小马潜意识里老是觉得脸上有汗。团长笑得语重心长:有什么好紧张的?看你一脸的汗。

小马跟着说不紧张,真的不紧张。

小马长得白净,肩上是一杠两星的中尉军衔。他年初刚从连里调入机关,全仗着一手漂亮的好字,再加豆腐块、火柴盒之类的文章,时不时地出现在军区报纸上,如此竟成了通信团里一幅可人的风景,据说有一阵子还成了通信连里女兵们谈论的话题。可小马觉得日子远不如想象中的那么回事,远比待在连队里累多了,而在机关里又说不出具体累在什么地方,仿佛痒在里面,只凭手是抓不到的。

团长的关心使小马有足够的理由掏出镜子照照看了。镜子里,脸上那层密密的汗点瞬间被擦掉了,镜子于是就显得多余起来,一时放在手里不是,装进口袋也不是。

就这样愣着?团长知道了早晚会说的,况且大门口只有自己和哨兵能发现团长的错误。哨兵们都是新兵蛋子,平日里见到团长都紧张得不得了,就是细心的,此时也没这个胆量,上校团长,本通信团的天呢?

话是该说,可毕竟真不好说。

然而不说,万一事大了该咋办?到头来还不是说我没有提醒?干事,你到底干了啥事?

可是不明说,老是照镜子也不是个事。

想想还是不照为好。要是团长也有兴趣照一照就好了。小马的手就这么一直凝固着,脸在镜子里,心在镜子外,老是思索着照与不照镜子的利弊。小马见团长的目光移了过来,在浅浅地笑,就想着因势利导,对着这面镜子,正了正帽徽领花,其实这已经是十分标准的军容。

团长真的要过了镜子,还在镜子上逗留了一会儿,想起来什么似的,正了正帽子,还把领口处那枚偏离了方向的领花十分用劲地摁准了,这才略为满意些,说:老了就是老了,这世界是你们的。

军长到底还是没来。袁处长电话里说,军长去了直属队,是秘书临行前才匆匆想着法子透露的。

两人径直回了办公楼,什么话儿也没说。

年底,袁处长又来了电话,说是在通信团里为军长挑选一个秘书。标准嘛,年轻不用说,还要善写会画办事巧的。

小马不想去,团长说,真没出息,到那儿对你的前途有益处,别人想去还去不成呢。

袁处长还有点放心不下,过了一个礼拜又打过来电话。团长说:小马嘛,的确是合适人选……要说缺陷嘛谁都有那么一点,就是爱照镜子。

团长说的时候,小马就在电话机旁草拟通知。小马见团长笑得欣然,心里却委屈至极:其实,那天的确是自己发现了团长的领花偏了,自己频繁照镜子的本意,是想吸引团长不知不觉地纠正,结果还真是达到了目的。

军部的小车来接小马的时候,团长去了新兵中队。小马等不及了,末了,小马想了想,就在团长的办公桌上留下了那枚圆圆的小镜子。镜子映着窗外的光,显得很亮。

灿 烂 阳 光

指导员绝对没有想到,这个电话是新来的处长打来的。

指导员起初一点精神准备也没有,还差点儿以为是哪个兵打错了,幸好这次没惹上他的火脾气,要是往日没准儿就会骂上几句,好在当时觉得这个声音有点儿耳熟,像是大会主席台那里发出来的声音,可乍一想又真的想不起来,只觉得鼻音儿有些重。

幸好,指导员反应敏捷,问了声:请问是哪位首长?

电话内容很短,就三言两语,说的是关于足球门的事情。

直属队足球场上的球门,不知被哪个单位的车训练时给撞倒了,那当儿新来的处长还没有到这里来交接。处里的参谋干事们放下话来:是哪个单位撞倒的,聪明一点的就交个检查,亡羊补牢就行了,要不然……

其实,把这个球门复原一下,也不是什么多难的事,况且哪个

连队的兵都乐意做，一声吆喝，球迷们多了海了。可指导员就是不乐意，特别是那天，他还批评了那个叫刘东亚的战士：就你想早点踢球，你这么一急，不等于是自报家门了？

指导员自有自己的理由。不是吗？关键时刻就看谁能忍得住。古人不是说了吗？小不忍则乱大谋。都到了这个节骨眼上了，再去自讨没趣，岂不是做贼心虚？就是我们私下里弄好了，做得再隐蔽哪怕就是夜里作业，也没有不透风的墙。万一处里追究下来，后果又是如何，自己也到了任职的最高年限……

指导员不能不想到他自己，他在这个位置上干满了，整个直属队没有比他更"老"的正连职首长，下半年调副营职可是正在火头上。可这次有了处长的电话，性质又是一回事的，何况还是新来的处长，能将电话打到我这里来，分量就是不一样。

推开窗户，外面阳光灿烂，正是风和日丽的南国四月，指导员感觉那片阳光那缕春风沐浴在自己的心扉，回味不已的是那个让人激动的电话铃声。也难怪，大院里提起足球，谁人不晓得他武装侦察连的水平，中超不敢讲，咱没钱请不起外援，就是踢一个乙级联赛，咱们不会当孬种。

看来，处长真是处长，明察秋毫呢。

于是，一声招呼，找了几个身强力壮的。这边的活还没盼咐完，就听见刘东亚吆喝了几句，好几个兵火火地扑了上去，一次成功的反越位战术也不过如此疾速吧？指导员只得拖在后面，这样的场合不能没有他这个主帅亲自压阵，只是，要不要打个标语扛面旗帜呢？

反正今天是个周末，再说也知道了处长喜欢踢球。指导员只得盼咐刘东亚他们，把活儿干得细些再细些，时间拖得久些再久些。球场就在直工处旁边，处长早晚会出来一趟，就是上个厕所，也要路过这里的。

没想到,球门柱还没有竖到位,处长就过来了。处长还真是内行,不愧为球迷,对门柱的宽度和高度,还有大小禁区的范围也知道得一清二楚,不像他们连里的兵,包括他自己也在内,眼里只盯着那只乱窜的球,有时就是越位了,也要冲上去来上一脚。

这边没怎么忙碌,处长就匆匆远去了,只是留给了这些兵们一个比阳光还要灿烂的笑脸,让指导员一直很是纳闷:"怎么?处长像是不知道这球门是哪家撞倒的一样?而且电话里的声音,怎么如此的失真,一点也对不上似的?"

活完了一队人马就齐齐地归队,指导员一人远远地落在后面,他不能不想着那个笑容的背后,那种灿烂里的含金量究竟是怎样的一种成色。几个兵呢,全然没顾上落在后面的指导员,他们把一路的欢笑溅落在这个阳光灿烂的春天。是啊,怎么能不笑呢?区区一个球门居然两个多月都没有管没有问,多亏了刘东亚的一个金点子,借兴来了一段"模仿秀",那种捏着鼻子说出的"官腔",连他知道事后都忍不住发笑……

没事儿,这可不算欺骗领导,为民请愿自古就有嘛。几个兵一路悄声地安慰着:只要有球踢了,大家高兴指导员高兴,处长也会高兴的。这又不是什么原则性的错误?再说连里的电话也没有来电显示,还有一个,指导员也不会找处长核实的。

旗　　手

父亲信上说，你能在集团军军部大院里做上旗手，真是做了一件给你老子脸上争光的事。小子，好好地搞，就是明年考不上军校退伍回家也没什么大不了的。你六伯说了，让你去他们公司，做一名正儿八经的旗手，他早就看那个升旗的保安班不顺眼了。

旗手能想象出父亲写这封信时那灿烂无比的心情。旗手清楚地想起那年在中学里的一个暑假去了趟天安门，父亲硬是拉着自己早早地候在那里，看国旗班升旗。当猎猎的国旗定格在一片朝霞之间，父亲脸上突然就有了一大片的自豪，一如浅浅的那块朝霞。

父亲当兵那会儿是在朝鲜，父亲懂得作为一名旗手的分量。

父亲信上还说，他要亲自来一趟集团军驻扎的这个城市，看自己的孩子升一回五星红旗。父亲的理由也很充分，父亲他们厂子在这个城市里有好几家业务联系单位，顺道来一趟容易得很，再说又不是很远，不到一千华里的路程。

旗手说，有什么好看的？就那一会儿的事。

父亲的信又来了。父亲说，你不懂那份心情。我来看看就走，不会影响你什么事。况且我们当兵那些年，要是谁家里来了亲属，全连热闹得不得了，就是现在也不会改到哪里去，都是一个军队这么过来的，这是传统，可丢不得。

旗手知道，父亲就是这么个脾气。

父亲回信了，说咱家这条街上，欢欢他妈去部队看过了，其其他爸下个礼拜就要动身。我再不去上一回，人家会说三道四，还以为你在部队怎么了，人言可畏呢！又不是什么不光彩的事，再说你妈妈都想跟来看看。

旗手手里的那面绿色指挥小旗潇洒地往院内一指，一辆军车悠悠地驶进了院内。旗手清楚地看见了军车后面那辆黑色的桑塔纳牌照，就是家乡那一带的地方车号码，旗手一时觉得很亲切。进入集团军军部大门的地方车辆都要事先经过接待室的检查，同意后再签发出入证方可允许进入，这是制度。

旗手左手的红色小旗又潇洒地落了下来，极有硬度，很干脆的那种。

桑塔纳车窗玻璃摇下来的同时，旗手一个激灵，眼里读准了那的确是自己的父亲。旗手的脸红得厉害，还发烫得不行，动作还是相当的规范，事后才感觉到那种热度的窘迫。

旗手的指挥小旗示意这辆桑塔纳停靠一边去例行公事。父亲正恍惚间，旗手绿旗一扬，又有一辆军车驶出了大院。

父亲的桑塔纳驶入院内的时候，车速减缓，读着儿子的肖像，父亲眼眸清亮，看不出一路风尘仆仆的痕迹。旗手的指挥小旗打出了一阵风来，风儿舔着旗角也拉拽着衣襟。桑塔纳尚未停稳，父亲就猫腰钻了出来，搁在老远的地方看着儿子。旗手的姿势依然挺拔得不走一丝样儿，一辆辆出入有序的车辆时不时地把旗手衬托得如同调度千军万马的将军。

十七分钟之后，旗手换岗。父亲觉得儿子这十七分钟里简直完成了一项惊天动地的伟大事业。实事求是地说，伟大就是出自平凡。

其他的事，父亲都没有过多地问。都是兵，都在这个环境里泡过，一个温温的眼波足以让人又温习起这里的一切内容。父亲只是破例在警卫连的家属临时来队招待所里住了一宿。

父亲翌日起得很早，他早早地候在院子里的旗杆处，看士兵升旗。升旗的瞬间很短，那天的天气也是出奇的好，朝阳把集团军军部大院印染成一片柔柔的玫瑰红，国旗在上空扬眉良久，父亲脸上还是异常的沉醉。

许久，父亲笑了："那个拉绳的小子，模样怪像你的。"

父亲又说，其实你和他都是好样的旗手，你不用操这份心，回去和你好好说你的事，还有你六伯……

抓"活鱼"

得知集团军政治部这次临时组成的工作组此行下去的目的地，是某师炮团，立马条件反射似的，江干事想起来有一个叫黄勇的兵。江干事兴奋之余还在想：这也许就是所谓的缘分吧。要知道，工作组下去调查，尤其是到一个陌生的环境，要想了解到真情况，一般情况下都有点难度。而要是有一个稍稍熟悉的人私下里点拨一些，一切都好多了。

明摆着的，大家谁不清楚？你要是问人家单位里给你召集来的兵，说呀聊的，那些话儿都似乎是经过了筛子似的，一点味儿也没有了。

江干事这个人办事总想与人不同，拿他的话说就是另辟蹊径。江干事是从军区报社转调而来的，大概是下面的朋友多了，下过几回部队，每回都能带上来一些新情况，这点很受部领导赏识。打这以后，只要有下部队的任务，首长们都喜欢点他的将。

江干事知道黄勇也是纯属偶然。那时江干事做编辑时，原来编文学副刊，后来调到了二版。渐渐地，江干事感觉自己喜爱报道消息之类的新闻稿，这些多是来自一线的"活鱼"。江干事每编发一个版，精神也为之一振，仿佛他自己也刚从那些稿子所说的事情中经历过，尤其是训练场上的那份火热更让他坐不住，一不留神自己也生龙活虎起来。那时候，报社每天都要收到千余篇自然来稿，摊给每位编辑都两小篮子，放在桌上，朵朵浪花似的重重叠叠，闪烁间波澜壮阔起来。江干事自己也是从基层游离上来的，内心深处那份"三更灯火五更鸡"的艰辛，使做过几年新闻报道员的他记忆犹新。那朵朵浪花之间，分明就酝酿着一个个动人的故事。

而黄勇那篇特写，无疑就是那几天的波澜壮阔之间一朵最让人激动的浪花了。

黄勇报道的只是他们连队的一次中餐，题目就叫：师长一来就过年。

平心而论，稿子是幼稚了一些，甚至可以肯定说是处女作。阅罢，就感觉到所反映的问题眼下全区部队都不同程度地存在，稍稍润色一下准能叫响。难怪自己以前搞新闻时，前辈们说：沉下去，水深才有活鱼呢。

编辑部对此稿极为重视，副社长还特意打电话找到了这位师长核实过，很快，此稿上了二版头条，还加框配发了编者按，月底又被评为优质稿，军报还给予转载。再很快，就有消息反馈上来，先是该团闻风而动知过就改；接着又是宣布给黄勇记三等功一次，并列入预提军官发展对象。

后来江干事还与黄勇通过几回信，信中也承诺过方便时会抽空来团里看他，并勉励他以后多沉下去抓出几条"活鱼"来。再后来，联系就有些弱了。江干事记得自己曾写信过去也没个回信，后来事情多了说断就断了。唉，到底还是个兵，不懂得抓住机遇乘势而上，现在是否提了干？就是没提干最少也转了个志愿兵，老兵在一起，拉起家常来还不是一肚子的话？

这次军区下来了好多个组，网一般地洒下来，虽说对各组没提什么具体要求，但也多是暗地里比着干的。江干事他们几个到了炮团之后，就挑中了炮团的二营。

印象中黄勇就是二营的。

果真就是二营。得知江干事与黄勇还有这么一层关系，团里负责宣传的焦干事很是热情，说是黄勇转了志愿兵，在宣传股兼做新闻干事，只是这次真不巧，刚刚探家了。他家在安徽乡下，一时也不便于联系。

那就算了。不算还能怎么了？人家已经这样主动了。

随后的几个程序进行得顺利。李干事还和人家一个志愿兵打起了乒乓球。可江干事还有点不甘心。同以往一比，这一趟有失所望。碰到营里的几个兵，想随便聊聊，也聊不出啥；要是黄勇在就好了，黄勇敢说呢。不是吗？既然上级下来调查情况，实话实说就是了，翻箱倒柜才好呢。这样上面才好研究对策呀。

下午，师里宣传科有电话来请，江干事就先走一步。团里的小车来送，焦干事又要陪着送一程。江干事谢绝了，推让不过，只好答应他们派车来送。

车不算太新，山路有点不平，好在那个司机一路赔着笑脸，不停地向江干事介绍着什么。江干事听到司机是皖南口音，看他肩上的军衔,与黄勇差不多的,一问,两人果然还是老乡,而且还知道黄勇交上了一个报社编辑朋友,没想到眼前的这位就是。不料,司机说:黄勇退伍了,是前年走的,当时我们几个老乡还怂恿着他去报社找你,可是他却不愿意……可他,是被团里赶走的啊。

江干事摇着头,笑得很是机械。他索性靠在座位上,不去想黄勇的事。偏偏那个思绪又堵不住,还带出眼眶里那种叫水的东西。想掏出手帕,却又怕司机看见。于是,江干事就把帽檐往下拉了拉,努力装出一副瞌睡的样子。

司机看见了,心里慌了:这一路上风沙太大,让领导迷了眼睛,真是不好意思。

司机说完,见没什么反应,就又只顾开车了。车开得很稳,车速也慢了一些。也许这位黄勇的老乡,生怕扰醒了已是十分劳累的从军区下来的江干事。

倒是江干事感应到了,又不好睁开眼,心里很急,想想还是先忍忍再说吧。

春　　雪

胡干事即将归建集团军教导大队的消息,是大队政委向政治处张主任透露的。张主任听了,一愣:小胡不是在集团军机关帮助工作吗?这都快要到年底了,还要回来干什么?政治处有两个干事,小胡来了,不好安排啊。

政委说:先放在你们政治处吧。这些年他虽然在军部帮助工作,任职命令一直在我们大队,何况人家本来就是我们大队出去帮助上级机关出公差的人。

张主任叹了口气,看着深秋的天空,一群大雁正在南飞。是啊,这一年工作都快到头了,现在只好重新分工,反正他刚来,大半年的事情他也没有摊上,既然有个先来后到的,那就只好给他多分配些担子才是。

小胡过来报到的时候,几乎没什么行李,与战士差不多,一个背包就全部齐了。小胡向张主任报到时,好歹也是一个少校军衔,可处处像一名新兵似的,什么工作都抢在前头,任务完成得干净彻底之后,总不忘向张主任汇报一下,还顺带着一个憨厚的微笑,似乎什么样的任务都不在话下。

进入冬季之后,集团军教导大队进入了全面整顿期间,因为前期大队工作滑坡现象严重,集团军组成了工作组进驻大队,再加上老兵复退工作也行将开始,政治处工作有点紧了,几个干事忙得团团转不说,张主任看了也有点过意不去。有一次,刚想与胡干事交个底,话还没说呢,小胡早早地笑着开了口:主任,没事的,大队百废待兴,多出点力也是多做点贡献,眼下,不正是处处用人吗?

想了想,张主任也没好再说什么?想想人家小胡,好不容易家属从一个偏远省份的乡下农村随了军,这里再怎么说,驻地也是一个富裕省份的地级市,人家心里想着的是再干上一年,就能符合自主择业的转业干部安置政策。不管怎么说,都是为部队奉献了这么多年,有点私心也是再正常不过的。

一场大雪落下来的时候,集团军工作组撤走之际,对大队的全盘工作褒奖有嘉,特别还表扬了政治处,尤其是老兵复退期间,政治处的胡干事发挥的作用可大了。毕竟工作组是来发现问题的,结果却是一个劲儿地点赞,这在以往可是不敢想象的。

得知这样的一个结论,张主任心里生暖,他想着什么时候找小胡谈谈心,正巧一中队的教导员位置空出来了,政治处准备向大队党委汇报一下,能不能给胡干事一个机会?反正人家想留在这里搞自主择业,不如多干一年多拿一个百分点,怎么说这也是大队给予他的温暖嘛。

元旦过后,就是新年的工作总结,军官的转业工作同时也提到了议事日程。张主任想起来,是该找小胡谈心一次,摸一摸人家心里的真实想法。小胡喊了一声报告进来,汇报了几句工作之后,就递交了转业回原籍的申请报告。这个突然的想法,让张主任大跌眼镜:怎么?你这几个月来,工作忙前忙后的,到头来却是想转业回原籍?这是为什么?

真的也说不出到底是为了什么?总是觉得这些年一直在机关出差帮忙,没有为大队的全面建设出多少力,既然这几个月回到大队里了,总想多做点事情。小胡这么说着,却让张主任有点不以为然:你都是要走的人了,还这么拼命地干……

张主任说的时候,胡干事就一直站在那里,眼里居然有了些潮湿。他的身后,是一片春雪覆盖的大队菜地。这一带气候到了冬天挺干燥的,一开春,好不容易才有了场春雪。往年这个时候,大队还组织干部战士们早晚抽空浇水。

"是雪水,你是否滋润了干涸的土地……"张主任想起来了,老兵复退期间,胡干事主持的广播节目里,最为煽情的就是那个倡议书——《致老兵的一封信》,那里面一开头,印象里就有这么一句;当时在广播里播音念出这一句时,胡干事会不会饱含着两汪泪水呢?

微　　笑

　　我在这座城市里的新华书店上班,有好些年了。说实话,在此之前,我还没遇到过像他一样的"抄书者"。

　　那是一个早春的双休日,外面的太阳正艳,屋里光洁的水泥地泛着丝丝凉气,偌大的房间里荡漾着一种闲适的恬静。书柜之间不时传来沙沙的翻书声。那声音听起来让人的心仿佛秋日蓝天白云般明净,纵然是网络盛行的年代,泡在书店里似乎成了我们这座城市近年来的一种时尚。

　　我的目光像往常一样漫不经心地从顾客身上走过,突然我发现柜台那边,一位穿着军装略显单薄的身影,保持着同一种站姿已经很长时间了。莫不是……种种好奇心驱使,我悄悄地跟了上去。

　　那位战士身体微向前倾,一条腿顶着书柜的下半部,努力让身子保持着平衡,一本厚如砖头般的书在他手上摊开着,如一只肥硕的白鸽。他一手小心翼翼地护着书本,一手在一本小巧的笔记本上飞快地摘抄着。都什么年代了,上网百度一下不是什么都有了?看不出,他用这种似乎有点儿难受的姿势写出的行书,居然还是那样的漂亮。许久,看到了我胸前的工作证,他的脸微微一红:"我就在这里摘抄一些,可以吗?"

　　声音很轻,纯朴的笑映着他肩上两道细细的黄杠,那是上等兵军衔的标志。这不禁让我想起了我的弟弟,那个平时百倍得宠的我们家唯一的一个男孩,去年底也是当兵去了大西北。我接过他那本沉甸甸的书,看到的书名是《中国七大兵法与经商谋略》,标价是蛮贵的。他一个月的津贴不吃不用怕是也买不了几本。那一刻,我心底涌起了一种久违的感动。现在,买得起这种书的人,好多已经没有了阅读的心境,中国好多的城市规划,真的放不进一张书桌。而这个想读书的军人又让我改变了原有的一种看法。

我轻轻拉着他,到了书柜后面一个背眼的角落里,那儿有许多包着牛皮纸的书捆,他要是在这里坐着看,一定会舒坦些。同时,我也叮嘱他要看哪本书,也是可以翻阅。我们本来就是开放式书店,并不是看了就一定非买不可。就在我转身离去的那一瞬间,这位战士转过身来,朝我甜甜地微笑了一下。

只一下,沉闷的书店因为他的笑容,一下子生动起来。或许,这种笑容,一般人是不懂的。

日子不紧不慢地淌过,双休日里他也隔三岔五地来过,那绿色单薄的军衣,还有那憨厚的笑脸,在我的内心渐渐定格成一幅凝重的油画。

有好一段时间,这个兵没有来过了。一丝若有若无的牵挂,在我的心里如早春的藤蔓。是回家探亲了,还是有啥紧急任务?偶尔想起弟弟的时候,我的脸上漾起的却是另外的一种微笑,而且久久不能抹去。

青青河畔草

萍儿的家,在村子这边。

村子,在河的岸边。

岸边,偎依着长长的河堤。

堤坝上下,连着一眼望不到边的草坪草滩。这边是,那边也是,中间隔着一道宽宽的河。那河,捉摸不透呢,浪起的时候澎湃着呢;浪歇的时候睡得可安详了。

萍儿常常看得久了,越看越觉得自己一时也搞不懂。

闲着或是没工夫闲的时候,萍儿都要望一眼那绿得出奇的草坪,那一大片一大片的绿草,厚得像是毯子,让人想着好好地躺一会儿,或许还能望出诗的兴致。好多年前的那个秋天,草儿正盛的当儿,大黄就是从那一片碧草中间飞过来的。那天的那个当儿,他下了船,直往这边赶来,一脸的青春,红红的领章帽徽,让那些肥美的草儿都为之逊色了不少,不知不觉之中甘情愿地当了一把陪衬,连同满脸红霞飞舞的萍儿,也心头撞鹿地跟在那一片红色的后面。

这一跟,就是漫长的十来年。

这十来年里,草青草黄了十多次;这十来年下来,以前形单影只的萍儿,早就不再是一个人,她的身后有了孩子小黄,还养了一条狗,先是阿黄阿黄地叫着。有一年,大黄回来探亲了,说:就叫大黄吧,你们要是想我了,就大声地喊,我在那边听得见。

萍儿起初不信,叫了几次,还挺灵验的。有一次,五月春深黄昏时分,她有些熬不住了,心里如猫抓的一样。于是,就一声声唤着,心尖儿都颤。妈妈听了,说:就别喊了,再喊下去,河滩上的草都给你喊焦了。

那种叫思念的东西真的不能泛滥,这家伙如秋阳,再青嫩的草儿也不经它晒,更不经它炕。秋还没深呢,那草儿就枯黄了,再不经几眼,就有点泛黑了,手一碰,脆生生地响。叶儿落了,只剩下些茎秆,远看如一只只桅杆,怕是想招来天上的云朵儿落下来,挂起一片片远航的白帆吗?想了想,就打了声招呼,说是去了河畔,砍些柴草过来。过了一冬,这才是地道的柴火,塞进农家土灶,做出来的饭菜那可喷喷香——大黄可是好上了这一口呢。

那一片草儿,好涨眼的一大片,半天里直起腰来,还是汹涌着直朝着萍儿扑了过来。看似发黄发枯发脆,骨子里还有着软软的柔,有时还泛出旺盛的草汁。几个来回,日头还在天上,那一缕缕的光线,炕得人有点经不住。于是,萍儿就发了狠似的挥舞着刀子。黑就黑了吧,就当是一个黑丫头,大黄不是说越黑越健康么;要不,就晒得黑黑的,照一张相,寄给大黄看看。当了军嫂的人,啥样的苦没有吃过?

有风了,轻轻地拂过来,讨好似的。萍儿也懒得理睬,只一手抹了些汗,再直一次酸酸的腰杆,望一眼小黄别跑远了,要是陷进这一大片秋草丛中,一时不好找不说,弄不好还有些蛇虫什么的。就这么一望,河心里又有了船,还是客运的船,慢慢地靠过来的,下来了一大拨人。等那些人走散了之后,萍儿看到了落在后面的一个男人,还穿着军装呢?

只是,河对岸有点远,一时也看不清那人的模样。他们那些兵,走路都是一个模子刻出来的,个头高矮也差不多,也没有胖瘦

之分,哪里能辨得出?心头闹得再欢,脸上也要出奇地静。曾经有一次,上县城闹出过笑话的,大老远看见了一个当兵的下了车,小黄直喊爸爸,喊得她的泪也花了,直冲冲地往前去,想打个招呼,问他怎么突然探家了,也不见信上说一声?直到那个军人近了,冲着她笑,她这才闹出了一个大红脸。

这次,可不能再沉不住气了。

只是,那个当兵的怎么了?大包小包的扛不动还是咋的?回家的步子怎么那样的慢?难道说,这次又会弄错吗?不会吧?哪怕就是别人家的,怎么不见有人来接?萍儿的双腿有点抖了,还有点止不住。秋风起了,呼啦啦的像是起哄,让她手搭凉篷也看不真切。心里正焦急呢,想问问孩子,还没使眼神呢,倒是小黄这孩子,早就惊了,一声声呼唤,让人心里酸楚楚的。

萍儿连忙箍住了跌跌撞撞的孩子,想让他静一静,自己也静一静。只是没想到,在他们的身边,大黄早就憋不住了,一声犬吠般的嘶吼,箭一般地向那个正走过来的人儿射去……

"青青河边草,悠悠天不老;野火烧不尽,风雨吹不倒。青青河边草,绵绵到海角;海角路不尽,相思情未了……"是谁,在风中尽情地歌唱?

传　　统

新兵队没几天,那种新鲜感就被班长折腾光了。每到集会,他总要添上几句"传统"之类的说教。都什么年代了,还传统长传统短的,唠叨个没完,有意义吗?

莫非?我得留个心眼。现在的新兵,哪个文凭会比班长低,你还真当我们不懂这个?

几次队列小憩我都想提出来,可看到班长热着脸蛋凑上来,像模像样地问这问那的,心里就有些软了。管杰说,干脆,等到班务会上,指导员不是说星期天都开班务会吗?后来,你就在会上先把这个话题给引出来,接下来我们会跟上去的。

管杰是个大学生,大学生就是不一样,比我们有见识。要不,知识还有白学的?管杰的声音低了:你知道我说啥?特大新闻,班长藏了私货,存在储藏室里。前天还喊我们几个人搬的,一个写着"九班公用"的大箱子,还公用呢。好家伙,有这么一大抱。

见他随手一比画,我就来了气:敢情这一个小班长,也想耍特权?还嘴上传统传统的,忽悠谁呢?

到底还是我沉不住气,星期天晚饭过后,还没到班务会时分,又是因为一句"传统"的事,我和班长闹毛了,直接一句话兜出了那只箱子。班长的脸红得紫了,胆怯的管杰过来圆场。班长一甩袖子,欲言又止的,嘴唇抖了几抖,扭头就走了。

班务会的哨声响了,大家六神无主,正要去寻,班长抱来了那只箱子。箱子有点空,独一件木器。你猜会是什么?是一只木桶,还是江南农家常见的那种家具,只是比我们的洗脸盆要大好几个圈。桶帮的红漆斑驳不堪,倒是新刷的桐子油,灯光下亮得晃眼。

班长把热水瓶悉数倒尽,招呼大家过来烫烫脚。"那就开个班务会,讲讲这个传统?"班长一句开场白,大家闻风而动,脚板子一个个伸了过来,真是一幅好看的风景图:哗哗的水声响起,一股股热流涌进心扉,一时让所有人都心里暖暖的。如同讲故事一

样,班长开场了:"这桶是老班长传下来的,班长的上头呢,又是他的老连长的老班长传下来的……"

还真不知多少前辈们传过它呢,特别战争年代,条件那样的艰苦,班长们也没舍得扔下它。班长的声音有些低了,所有的人眼里有点湿湿的,那是天气将要下雨的兆头。再低下头看,桶里的脚渐个儿热,桶里的水渐个儿凉了……可就是没有一个人想挪一下身子。

第一遍熄灯号响了,真快呀。忽地,管杰喊了起来:"不好,这水怎么红了?有血!是谁的脚破了?"

哪里哟,是我放进的高锰酸钾,给大伙儿消消毒再治治脚气。班长说,战争时代哪里还有水烫脚,行军一到根据地,班长们都要拨根马尾巴毛,为新战士们挑脚上的水泡。你们不是看过《上甘岭》吗?那上面宣扬的传统,要一代代传下去呢,你们都忘了?

第五辑　夜深千帐灯

点评：周政保（八一电影制片厂文学部原主任）
作品：小说《意外》——首发《西南军事文学》2000年2期。

　　程多宝小说所描写的军营生活，不仅"现实"而且弥漫着"正在进行时"的"现实性"气息。小说中的一系列"意外"极富戏剧性，或很有点儿小品的味道，确能体现作者相当出众的感受力及出众的生活概括能力，这能让读者产生共鸣，乃至触发更深入的联想。

　　其作品传达出了一种突破了时空或富有长久生命力的"现实感"，或者说，作品之于题旨的实现，一方面是对生活中的陋习或弊端持批判态度，把那种隐藏着的或司空见惯的精神污垢亮出来给读者看；一方面又在生活发现中做出了属于自己的概括及寓意性提炼。

夏天与冬天的区别

夏

村民组晚上要开大会,消息一出,村子里多少也算是有了些动静。

现在的村民组,说白了就是以前的生产队。要是再说开一些,可也不全是以前的生产队了。以前的生产队,几百号人里要是当上了队长,怎么说也有点小权力,要是说今晚在张家李家开个会什么的,呼呼地吹上一声哨子,张家李家还不是挤得扑扑满满?队长手里有权呢,见着人头计工分,一年下来没挣几个工分你喝西北风去?

可是如今的年头变了。当个村民组长也没啥了,管得人再多也不算是个吃皇粮的干部。拿乡下的话说,是个"举拳头的差事",下台比上台来得更快,没什么了不得的,全仗大伙儿给个面子,这年头,谁还指望一年下来上头补助的那几个钱?

但一个村民组里总得有个人牵头主事啊。要不然上头说个事,下头谁张罗呢?政府这些年可为我们农民操碎了心,农业税都免了,该免的都免了。虽说化肥、农药、种子还有好多的费用跟着疯涨,可那也怪不得政府啊。政府还不是向着农民吗?就像这大热天的,人家待在城里吹着空调不好,干吗还要到你这个旮旯角角的村子?好多人家的窗户都没有玻璃和窗纱什么的,苍蝇虫子飞进飞出地叮着,还有外面娃喊狗跳地吵着,谁愿意来受这个窝囊罪?所以说喊大伙儿来开个会,有良心的能不来吗?

来是来了,也没来多少人,三三两两的。等到聚齐了一看,上面来了好多人,还有一个是县里的头头。好家伙,还是从大上海的几个大学里来的什么教授啊导师啊,说出来可真是吓你一跳的。人家这回可真是诚心诚意的,大老远地来开展"科技扶贫"活动。这活动好啊,这活动先进啊,这活动效能好啊,这活动能代表大多数人的利益啊。要不然,那位年轻女乡长的小脸怎么一直都红扑扑的?那可是打心眼里感动呢。要不然,村里的老书记读稿子时怎么总是带头拍巴掌呢?

大上海来的就是见过世面,说的话也是让人心里暖暖的。科技才能致富,落后就要受穷。一旦富不起来,一旦穷兮兮的,往后可就越来越落到人家后面去了。这次他们带来了几卡车科技方面的书籍报刊,堆在张家李家的门口。这么多书报要是读完了,是不是也能成为教授啊导师啊什么的?是不是也能到大上海里住大楼开小车?今天这个会开得值啊。村民组长的嗓子都快喊哑了,小学校长也是跑得屁颠颠的,好不容易挑了几个脸蛋周正的小学生,还都是女的,脸洗了又洗,又是扎红头绳抹雪花膏的,一个个跑到教授和导师面前,敬个礼,再扎上一条红领巾,把女乡长都逗乐了:这是一笔难得的精神财富啊,我们一定不辜负大上海人民的希望。

女乡长说的时候,早有一个好奇的初中生溜上前去,从书堆里抽出了泛黄的一本翻了起来:哪一年的书呀,怎么还"抓革命、促生产"啊?

村民组长一把拧住初中生的耳朵:你轻点声,就你能?待一边去,让客人高兴点。人家秋天要来帮我们引进塑料大棚种菜技术,要是把人家吓跑了,老子踹不死你。

冬

秋天就这样过去了。张家李家的,还有校长、女学生等的眼睛都望巴巴了,也没见大上海的人来。发起"科技下乡"的女乡长升到上面去了,老书记也退了,只剩个村民组长,成天望着那一堆书报叹气。

书报还存放在张家李家的门口,只不过上面盖了一层塑料薄膜,怕风吹日晒了。张家李家的也生气,老是催村民组长给腾个地方。

那就开会吧。村民组长吐了口唾沫,稳稳地用脚踩了踩。

村民组今晚又要开大会了。冬天快到了,大伙儿挤在一起不觉得冷,都以为塑料大棚有影子了,一个个咧着嘴笑呢。

村民组长拿了杆大秤,把秤砣往台子上一砸:不管大人小孩,按人头分,书每人42斤半,报纸每人28斤2两,现在开秤。

听说后来有些人家把分来的书报当成废品卖给了收破烂的,村民组长有点生气了。也有些人家把报纸糊在窗户上,把书面拆了贴在墙上,村民组长觉得有点意思,就去看了看。一进那几家的屋子,大冬天真怪暖和的,村民组长环视了一下,觉得这样也蛮好的,不仅能遮风挡寒,孩子睡觉的时候看看墙上还能多识几个字。就算是大上海的客人们再次真的来了,哪怕是县里的同志下来了,也不会怪咱乡下人不懂事:毕竟这些扶贫的书报,最终用在了贫困人民最需要的地方。

七　子

　　天还是麻麻亮的时候,七子就早早地起了床,做好早饭之后,扛着轮钩直奔外河去了。这几年,甲鱼价钱猛涨,七子早年在外面学了这手绝活,出去一趟,总能搞到几个子儿。这年月,光啃这几亩水田也只能是混个嘴,拿官家人的话说,就是"解决了温饱",只是今年,粮食又跌价了。

　　已临深秋,河边的风扎进身子骨,凉飕飕的。七子早就穿上了小袄,只是河面静极了,像是甲鱼们都赶集去了似的。

　　七子是老幺,爹娘走得也早,兄长姐姐们遇上了一场"共产风",一个个还没有他命大。只是一把年纪了,他还落个单,光棍一个,日子自然过得随意,有时脸洗不洗也没有人晓得,脖子圈总是黑的,要是出了汗,倒也白净些。一年里也难得见他进几回澡堂子,只是夏天里还好,扎个猛子往河里一插就完事了。

　　好在七子的水性特好,到了三十挂零的边上,居然还娶了个女人。说来也该他有福气,一个大雪的傍晚,七子把路过村中的一个磨剪子戗菜刀的老头背回了家,给了他几口吃的算是缓过了气。过了几天,老头的女儿找过来了,居然还是一个像是从年画上走下来的仙姑一般。七子急匆匆地给老人磕了个头,喊了一声爹,放了一通鞭炮,算是成了亲。只是那个女人,成天哭兮兮的像是没有哭够似的。没过些年,七子有了三个女儿,一年一窝的,都没怎么让那块肥地闲过;又过了些年,七子把老头背上了山垒了座坟。坟上的草儿还没长呢,女人就悄悄地跑了。

只是临走时,七子还在塘里守着,女人把家里倒是收拾得还挺干净。

任村人怎么劝,七子也懒得找,还说这是命中注定,不是自己的就不要强求。女人没了,七子走路都没了劲,屋子里乱得一团糟,一推门,几张小嘴轮流哭,床上就没有干的时候。七子依旧不管,只顾缩在河里逮甲鱼,回来的时候有时还能带回些吃食。好在大女儿能上学了,也能照应妹妹们了;再说家里啥也没有,屋子又黑,真是应了"路不拾遗,夜不闭户"的那种境界。

这天,候了一大早,也没啥收成。那些甲鱼好像有人通风报信一般,七子就早早地回来了。三个女儿燕宝宝似的缩在床上,张着嘴朝他要吃的。七子心一软,就上了灶,还剩下一些稀饭,热一下还能对付。

忽地,门开了,不知是风刮开的,还是那一群人卷着风进来的。一开始,屋外有人说话。有的说:"大人不在家,进去干吗?"另一个说:"把能搬的都给搬了,留个条子让村主任说一声,不就行了?"七子一听,心就冷了,上头来人要找他算超生的账。既然被他们堵在屋里了,七子索性使了个眼色,把头使劲地往柴草钻。

进来的几个人里,有一个他倒认识,是李主任。李主任个子不高,挥起手来却很有气势。几个孩子率先哭了,一声声挺瘆人的。李主任不管这些,一声喊,炸雷一般,几个外村抽调过来的民兵们扑了过来,就要抱床上的被子。那床被子被孩子尿湿了不知多少次,七子也没怎么洗过,更不要说晒了,加上屋子里不通气,被子一抖开,馊味和着臭气弥漫开来,李主任连连咳嗽了几声,转眼退出了屋外,吼了几声:走人,都走人!怎么碰上了这么倒霉的人家,一件像样的家具都搬不出来,还一个劲儿地穷生,简直与猪窝一样。

一拨人还没走远,七子实在是忍不住,笑出声来,又带动了孩子的一片哭声。

屋外的几个,闪电一般返回了屋子,就要拿绳子捆他。七子端来了一张只有三条腿的小板凳,说:主任,你再坐一会儿,我烧点水,大老远来的,你们喝上一口再走。

那一拨人没停下来,又出了屋子,刚走不远,就听见屋子里的七子突然一声长啸:笑着进来,哭着出去……

金　菊

"好汉娶赖妻,丑男配仙女"这一句俗话,村人谁也没有想到,居然在金菊身上应验了。

金菊做姑娘的时候,那份漂亮真是没得比。大人们有时逗男娃子时会问:以后想娶哪个做老婆?好几个男娃子都说娶金菊,其中有一个还是金菊的远房侄子,没想到他也这么说。只是他一句话还没有说完整,大人一个巴掌罩了过来,连忙哭歪歪地跑到一边去了。

金菊的身段与脸蛋都像她娘,她娘在村子里逢人说话开口就笑。村人都说她娘有福相,福相却没有长寿,不到五十的金菊娘说走就走了。这以后,刚上初中的金菊,脸上成天浮着一团雾,不像以前那么耐看了。

金菊有两个兄长,长兄荣华,次兄富贵。名字起得倒是吉祥,

可也得有那个命享受才是。荣华上过中学,成绩一直不差,就是毕业了在生产队农闲时,好多村人聚在家里,听他一边搓着草绳一边说书,单就是四大古典名著,那些死的也能给他说活了,因而能做得家里大半的主。富贵呢,早年一个人跑到很远的地方当了兵,一去就是好几年,退伍回来还是个农业户不说,加上母亲突然离世,因而说亲时也错过了好多姑娘。

乡下的姑娘,多是要以劳作换取工分的,即使是承包到户之后,也是要下田地做农活。与她们不同的是,金菊却有着自己的一处书房。村人有的上门说事的时候,多数的时候看不到她,只有一次,有几个后生娃子无意间看到了她,一网金色的阳光在她的秀发之间弹跳着,晒在门前那一片黄澄澄的稻谷上,伴着知了不知疲倦地歌唱,让那几个后生娃子一个个都惊呆了。

等到富贵有一次把门板拍得山响,村人有的才知道是荣华出了个主意,让金菊为富贵换一门亲事,是大山里的姨娘家,说是亲上加亲。男方与女方都找个借口过来看人家了,只是富贵没有点头,当然一开始金菊被蒙在鼓里,哪里想到她是何等精明的人,一看眼神就明白八九分。

这以后,本来就是寡言的金菊更为沉默了。那个表兄虽说倒也英俊,让她在一向强势的长兄面前实在找不出什么借口,只是有时候,村人看见她一个人枯坐在母亲的坟前,一坐就是好半天,半天里也不见她说上一句话,若不是清明冬至的,连一张纸钱也没有烧过。

男方实在是有点等不及了,催着要办婚事。虽说富贵一直没有点头,长兄如父的古训一时也拗不过去;再加上自己当兵时间长了,一退伍回来世道也变了不少,仅凭一身军装虽说起初也能吸引几个姑娘,但是她们的父母亲最终倒是异常的冷峻。

金菊嫁进大山里好多年,也没见她回过村里的娘家。一来是娘没了,哪里还有家？二来呢,村人就有点猜想了。果然,有消息传来,说是嫁过去生了一男一女之后,一张脸儿不成个模样了。那个表兄好赌不说,还是个酒鬼,一开始是图表妹漂亮,哪知道却一点也不心疼女人,偏偏还有个近亲结婚的弊端,一儿一女落下了不少病根,东奔西走之余也是无药可治。

比金菊还苦的还有富贵,富贵有火还不敢发,总是暗地里折磨自己。每一次落泪,女人哭得比他还厉害。倒是荣华坐不住了,一次次地在爹娘的坟前哭得伤心,说是自己聪明一世糊涂一时,爹娘走得早,是自己害了弟妹。

金菊知道自己的两个哥哥过得都挺舒坦,就托人带了口信过来,请两个哥哥去一趟山里。两个哥哥进了山,见到了似乎比自己还要苍老的妹妹,也就长吁短叹,接下来就要抱头痛哭了。金菊却带他俩见了一个人,是当地有名的算命先生。算命先生问清了几个人的生辰八字,吱吱呀呀了大半天,荣华这才听出了端倪:原来是金菊与妹夫的八字不合,属相不合,两个人前世就有着20年的姻缘……这一切都是命中注定。

兄弟俩这才叹了口气,回到村里,多少日子也没了抱怨。日子稳定之后,荣华有些发福了,富贵那边也没有了叹息之声,倒是当年那几个年轻的村里后生,现在人到中年了,还一个个不服气的,碰到那些喜欢打扮的女子,他们免不了还要咕噜一句:生个美人胚子有个屁用？还要看命,命里没有,也不要强求……

有人听了,倒也不以为然:这几个人原先根本不相信什么算命先生,现在怎么有些信了？

还有人知道了荣华、富贵兄弟二人有关算命先生的讨论,也不大相信,他们甚至还怀疑,那个算命先生是金菊花钱请来的媒子。

只是这一切，谁知道呢？

哑 巴 李

又是一队迎亲的人马，吹吹打打进了村子。

方圆十村八乡，唯有这个村子里的婚礼，这些年来一直有着文化范儿。夜幕降临，隆冬的山村里，唯有那一方窗户格外亮眼，大红的"囍"字姿态万千：有的在梅花中含笑，有的被两尾红鲤衔着，有的又让双凤叼住了……常常引得外村的人过来，有时还免不了被他们悄悄儿揭走一两张。可不管对方如何费尽心思，到头来也只是闹个东施效颦，让人家的喜庆似乎都走了味儿。

乡文化站的人有一次来到村里听说了这事，便想借调这个能人。村主任说，别调了，他不识字，算了，你们要去了，也是白搭。

这就怪了，请他传授几张剪纸，总不为过吧？

也不中，你还要从村里再带上一个人去。村主任见乡文化站的还不理解，于是就说得详尽了：你得要带一名翻译……这个人不是外国人，他姓李，却是个哑巴，你让他剪多少都成，不要什么报酬，备好了剪子红纸，再递上几根烟就打发了。

好在，最后哑巴李也没去乡文化站，村人都晓得，他是舍不得离开村子。

别看他没法子说话，可生性爱看热闹，村东村西的好多人家都喜欢他。哑巴李人也勤快，一双手闲不住，到了主人家总想找点活儿干,只要主人一个眼神,他就立马猜出个七八。这样一来,以至于总是回家晚了些,三十好几的人了,有时还被父亲一个扁担打将过来,弄不好连一顿晚饭都不给吃。

饿了一晚,第二天一大早,哑巴李就不见了。村人有打抱不平的,一句句责问他父亲。于是,一家人找遍了村子也没个影儿。父亲垂头丧气地来到田里,正准备劳作呢,一看稻田里有个地方一闪一闪的,再仔细看,那一边的稻子被割倒了好几垄,摆放得整齐。一边的哑巴李坐在那里,手上有个地方划破了,白布包扎的地方渗出了鲜红的血,一见家人过来,他这才起身,冲着父亲一个劲儿地笑,折射出脸上的阳光,一片片地剥落着。

哑巴李的父母亲挺能生育的,他下面有着一串的弟妹,好在哑巴李一年下来挣的都是满员的工分,也只有在除夕这个晚上,父亲才扔给他几盒香烟。哑巴李烟瘾不大,还能喝几口酒,喝到兴奋处,又能随手变出几个魔术,经常又能写出一些字来,一边打着手势一边解释着,似乎这时才是他人生的精彩时刻。

到底是乡村的人,对哑巴李蛮同情的,不管他到了哪家,只要是饭点上,人家都招待他吃一口。哑巴李人也懂事,一般不上桌子,只蹲在一边冲着你笑。有人就扯着说了,比画着两盆腔瓣子,意思是说女人的事。

这才想起来,哑巴李曾经还有过一段短暂的爱情,对方也是一个哑巴,女的,比他要小上好几岁。两个人是在一次赶集时遇上的,当时,女哑巴挑着一担柴草,换肩时扁担折了,路遇的哑巴李这才好心地送着她的担子来到集上,这才认识了,也就联系上了。那时,哑巴李三十出头了,成天往十几里之外的女方那里跑,手里还总不空着。有一次,哑巴李还从家里偷来了一块咸肉,找个地方烧了之后,准备往那边送去。走到半路上,想想又留了一小碗端给自己的老娘，于是，就折路返回了。

哑巴李是个孝子，村里人都知道。

村人还知道的是，因为这次偷肉，父亲打他时，硬是打断了一只扁担不说，兄弟几个一起哄，立马给哑巴李分了家。他年岁大了，又不会说话，自然分得的是一小间茅草房，还有一小块薄地。村人有人看不过去，想想也不好过问，只是以后看到了哑巴李过来，有烟的都想着法子给他甩上一根。

哑巴李依然还是一副热心肠，村上谁家做大事，自然少不了他忙前忙后的，同时也能讨得一杯酒喝。有些好心的女人，也过来帮他洗洗补补的，更有甚者，给孩子哺乳时，把奶子上面的上衣再往上卷去一些，好让白嫩的胸脯露得再多一些。哑巴命苦，一辈子的男人，还没见过女人的身子呢。

这些年，我一直在外地谋事，难得回家一次，也只有过年的时候，能见到哑巴李。记得最近的一次，在家里遇上了哑巴李，我递给他一支好烟。哑巴李显出了高兴的样子，一个劲儿地伸出了大拇指，还特地吐出了一个大大的烟圈围着我转，生生地就想把我套进去。哥哥比画了半天，看我还是不懂，只好翻译说：哑巴李说了，说你在外面跑大码头，在村里算是有本事的人。

我望着他，做出谦虚的表情，也怕他不懂，刚想解释，没想到他居然傻乎乎地笑了。

可我的心底，依旧笑不出来。

棋 王 小 马

深秋的田野,一大早还飘着懒散的雾,有些想退又退不去的样子。前几天还黄澄澄的稻子,被人一夜之间收了,只剩下些裸露的根根茬茬,还有些零星的绿。那是早些时候点下的红花草籽,有的地头,油菜籽和麦种早就做了窝。一阵风过,棋王小马不由地缩了缩脖颈,"呸"的一口,射出的浓痰,抛落在清悠悠的河面上,被那些荡漾出的涟漪摇得一晃一晃的,引得小鱼儿连连来争。

今儿是个好日子,昨夜里,大姑家就托人捎来了话,说要带他去相亲。为此,他可是一夜也没合眼。听说那女子也是被家人与媒人联手从西北那边哄到这里来的,还是个高中生,刚毕业,据说还会下一手象棋,得过学校里的什么冠军。棋王小马一听,连忙从箱子底下翻出了一本棋谱,凑着油灯下细细地看,心里想着:这事有门了,不管怎么说,自己研究棋谱这些年,村上人前人后的都喊他棋王小马,上天总是还给了他这份公平。

棋王小马三十挂零的岁数,之所以到现在还打着光棍,原因多样。一方面是因为家境贫穷,父母生下他兄弟姐妹七八个,一个个成家的话,后劲实在是不足了;另一方面是他这个人棋瘾特大,要是遇到了有人摆下的棋盘,路也走不动了。

那个会下棋的女子,听说被山那边的那个媒人带过来了。一行人赶去,还真的见上了一面。那女子虽然年岁还小,身子骨没怎么长全,可那一对眼眸亮得如同两枚棋子,虽说刚刚哭过,也是梨花带雨。旁边的媒人一再小声地嘀咕着。虽说咱这里是锦绣江南,毕竟人家也是从几千里的大西北过来的,这以后要是在这里安家,想见爹娘一面都比登天还难。

两边的人马算是见上面了,因为女孩一直在哭,事情不好往下谈,一时僵住了,因为价钱上还有出入。棋王小马他们家原来准备了千把块钱,没承想看中这个女子的人家蛮多的,媒人立马就涨了价,怎么说棋王小马还差着好几百元,一时还真难凑齐,只能是干着急。在乡下,男女双方定亲可是件大事,要是说到礼钱方面,女方只要开了口,男方是不便还价的。

偏偏让人意外的事情发生了。那个女子眼见着回家无望,哭过几回也就从了。前面见面的几个本地男子,都是这些年娶不到媳妇的老光棍,人家一个高中女生哪里能看得中?这次看见模样还说得过去的棋王小马,又听说了他这个名字的来历,心里有些软了。两个人算是开口说上了几句,问了些家境之后,免不了说到了棋上。棋王小马没想到的是,那女子听说他喜欢下象棋,立马就给他说出了一盘残局,限他三天内破局。"要是破了这盘棋,价钱上不能少,但是可以少买半身衣服。"媒人最后定了调子,好在那个女子也没有反对。分手的时候,棋王小马还一字一顿地告诉了那个女子:别棋王棋王的,其实我只是姓马,叫马明亮,心里可亮堂着呢。

"我叫袁心月,我俩的名字里,都带上一个月字。"高中女生自从被家人骗上火车之后,这还是她这些天来,头一次与陌生男子开口说出的第一句话。

三天的时间说长不长说短也不短,棋王小马的父母亲借好了钱之后,又四处求人教儿子破这盘残局,一时间恨不得张贴告示,请十里八乡那些下棋的过来帮忙,连附近几所学校的体育老师也赶来了。七嘴八舌的何止是三个臭皮匠?到了第三天拂晓那会儿,棋王小马终于长叹了一口气,整个人差点儿虚脱了:原来这个残局,居然是自己跳上一步窝心马,算是地道的一场苦肉计。

一班人马浩浩荡荡地往山那边去,连同带上的是一副象棋和这几十步的棋谱,还有的是一身新衣打扮的棋王小马。等到众人赶到之时,哪里还有那个女子的影子?有知情的村人告诉他们:那个西北女娃子,早就被媒人带走了。这么一个水灵的女孩子,人家哪里还在乎这点礼金钱?你们一千八还吭吱吭吱的,他们那边过来的人,直接开价三千块……

可是,我们说好了的,跟那个小袁说好了的,就等我们三天,说是破了这一盘残局。棋王小马一急之下,半天里也喘不上一口气来。

对方笑了,差点儿岔了气:你这个呆子,真是下棋把人下傻了。庄户人家过日子,哪家不是吃了上顿愁下顿的?哪里还有心思下什么一盘残局……

大 梅 二 梅

二梅到市委机关报社报到的时候,与大梅分在一个科室。两个人差不多的年岁,孩子都在念中学,只不过不在一个学校。人家大梅是新闻系科班生,大学一毕业就分进了报社;二梅读的是技校,这次过来,还是费了一些周折的。

这么一介绍,就算是同事了。大梅说:大家都是姐妹,有什么需要帮忙的,尽管吱声。说完,她就埋头忙自己的去了。

二梅一看,心里有了些凉,毕竟自己业务不熟。业务不熟害死人,这往后怎么在单位上混?好在二梅自有自己的心机,要不然,报社这样的单位她一个技校生怎么能钻得进来?英雄不问出处,这就是本事。二梅的本事渐渐地就显露出来了,比方说早早地到办公室打水、扫地还抹桌子,有时还连大梅的桌子也顺带擦了。

大梅见了,脸红红的:不要,不要,多不好意思啊。

二梅多机灵啊,说:咱俩是姐妹,一笔写不出两个梅字,在一起真是前世有缘,算是比亲姐妹还亲呢。

没几年下来,两家的孩子都参加了中考,大梅家的离一中差了几分,于是就进了二中。二梅家的进的是一中。听二梅的口气,自己的孩子将来考个985名校有希望,因为她自己与孩子的班主任处得好,那个班主任还是她爸的学生呢,能不关心吗?

一有空,二梅就在同事群里晒微信,多是孩子的成绩,还有就是同事哪家有了喜事,她多出面吆喝,忙前忙后特别热心,出手还大方;有时去了外地旅游,二梅总要带点心意给同事们分享。大家嘻嘻哈哈的时候,总念着二梅的好。又一年下来,单位里空出来了一个科长,分管领导问大梅,你怎么不争取呢?大梅说:这是你们领导的事,我们只要干好本职工作就行了。分管领导又说:要不,晚上饭局去一下?一把手也在。大梅笑着婉拒了:我去了,说不好话又不能喝酒,怕影响你们的兴致,再说,家里还有孩子……

分管领导就叹了口气,这才想起来,二梅只要一到酒桌上,那就是一个梅开二度,只是这个大梅……真有点不懂风情,唉,不靠谱哈。

二梅当了科长,由领导与群众按不同的分值计算的总分,大梅差了0.002,单位里的几个资深同事为她惋惜,有的还想去上级领导那儿反映,说二梅本来就是中途插进来的,本来文凭就不够,又不是新闻专业,要不是有……大梅忙劝止了:不要,我都不在介意,你们操那个心干什么?

除了这个不算,单位里的评先评优,只要不涉及业务类的,二梅总是榜上有名。时间一长,市委宣传部那边也有了声音:二梅就是不错,年年先进呢,这个科长位置给了她,真是给对人了。

二梅科长忙起工作来,那真是一心扑了上去,只是又是几年下来,她原先规划好了的副处级一直没有影子。看看还是一般科员的大梅,二梅心里安慰自己说不急,人家大梅还是先来的呢,虽说她也拿了几个省级新闻的大奖,业务顶呱呱的,结果照样还不在自己的手下听差?于是二梅的心情就好了一些,孩子考了一个二本之后,酒席摆得也是相当奢华,不管如何,总不能跌面子嘛,何况单位里也有同事的儿子考上大学了呢。

大梅没有办孩子的升学酒宴。二梅原以为,人家是二中的,考不上好学校也正常,不办就不办吧,问了一次,见大梅没吱声,也就同情了人家。没承想,半个月后,两人居然在火车站的月台上碰面了,都是送孩子上大学。一听两个孩子说出的大学,一身珠光宝气的二梅当场就蔫了,大梅的孩子考上的是北京的一所985名校,因为不是清华北大,也就没有闹出什么动静,二梅一直不晓得也很正常。从车站回来,二梅的脾气涨了不少不说,还大病了一场。没过几个月,单位有了个扶贫指标,分管领导分析说,这是个调副处级的机会,于是,二梅就争取上位了。

三年期满,换了一家单位的二梅如愿调了副处。又过了年

把,有一次,两个人在大街上撞见了,二梅大老远就拉着大梅的手,一口一个姐姐地叫,叫得人心里好暖。大梅说,当上大领导了,有事多关照啊。

那当然了。二梅说她有事,梅主席让她早点回家,就打了个招呼走了。看到二梅远去的背影,有点惆怅的样子,大梅心里直乐:这人呐,算来算去,到头还是算了自己。

大梅知道的是,二梅的儿子大学毕业了,还不想待在小城市,他那个文凭在大中城市哪里能站得住脚?自己的孩子已经去了美国名校读研,还是全额奖学金。就冲这一点上,自己也是把二梅打翻在地了。再一个,二梅的父亲,也就是那个退休的梅副主席,当年就是硬把女儿塞进来的,现如今退了下来,连自己的外孙在外地找个工作,也鞭长莫及了。

干　　净

银锁与铁头两家前门抵着后门,要是哪个一泡尿过去,弄不好都能浇湿对方。两个人从小一起长大,是很好的玩伴。做起事儿一样的快,比赛一般,吃个东西也是,三下两下的,那两张大嘴巴像并排的一对粉碎机。只是银锁出远门在外闯荡了几年,虽说也没闯出个什么名堂,就是人一回来就变了样。干什么都磨磨蹭蹭的,似乎手头的那个事总是做不完,用铁头的话说:一个大老爷们,比娘儿做事还黏糊糊的。好好的一个爷们,怎么出去一趟就变了样儿?

更让铁头看不明白的,银锁娶的老婆也是,生下的两个闺女都是与他一个调子,做个什么事,你急她不急。铁头有次催了声,银锁不高兴了:姑娘家,进屋出门就得有个干净。再好的姑娘,一下地不就蔫了?

铁头恼了:干净,能当饭吃?

银锁说:你知道个鸟？这叫干净,部队上也叫整洁,还有叫搞内务的。内务,你懂不？看你也没当过兵,我说了你也是不懂:内务卫生,是衡量一个兵或者说是一个连队的作风和战斗力的表现。我们首长下来检查卫生时,是戴着一双白手套到处摸,要是手指头一摸就黑了,那我们一年就白辛苦了。

铁头还是不解:这有什么摸头？有那个闲工夫,还不如下塘里去摸条鱼下酒,哪怕就是摸几只虾子也好。你们首长那么有本事,请他到我们这里的水田里摸摸,看看能不能摸出粮食,还是能摸出几条鱼来？

银锁懒得理他,首长就是首长,在部队上那可是天,天要你下雨,你还敢出太阳不成？

只是银锁现在不在部队了,一个小兵退伍,还是回了乡村。农村里做活,讲究的就是一个麻溜快,这也不假。平常还好,这要是到了抢收抢种的"双抢"季节,那是与土地夺粮的当口,大活人扒拉一口饭时,稻秧子恨不得也捉在手里枕在头上。毕竟,秧苗儿自己也猴急急的,早一天下田活了棵,就早一天收拢了一大束太阳的光线宝宝。这一束那一缕的,可金贵着呢。那玩意儿一入了秋,热度一天不如一天,庄稼人哪个不心急？别说做活了,就是小便来了也是一溜烟地快跑,有时候看起来平常的一个斯文大男人,也在田地里掏出家伙,背对着身后的娘们自己就这么说干就干上了;当然,更多的是成天汗流浃背,就是憋了那么点点儿尿,

也早就随着汗水一起跑了。

如此,大家匆匆扒上了两口吃食,有的还带在路上边走边啃,一出村身子就扑进了田地,走个路都是急匆匆的。这倒好,你一个人在那里抠来抠去,就是把地里抠个底朝天也抠不来一点点沙金,就是在地头绣出朵花来,这朵儿入秋也结不出果子,更何况一场风雨下来,还不知道是怎么个一回事呢。

铁头就有点看不下去了:银锁,行了吧?不就是一条田埂吗?稍稍踩实了,不漏水不就行了?

银锁也不抬头,只顾在那里忙活:哪里成呢?这要是有黄鳝泥鳅钻个洞……得拍结实了。

又是一连串的响声,直到铁头与那一班人走远了,也没有人叫上他一声。

过些天,又有人说话:这哪里是田埂?砸得够实了,又不跑车,扫那么干净,犯得着吗?

银锁只顾挥着扫帚:哪能呢,田埂扫得光溜了,看着也顺眼,累了乏了,还能倒在上面睡一觉,看看天。

又是一阵叹息声,一班人都拐过田头那边了,银锁还在扫着,那条土路,也不过两三个巴掌那么宽,经他一锤再这么一扫,虽然不跑什么车,但在上面睡人还真是没多大问题。虽说人家一个上午能砸出三条大埂,他却最多做出来一条仔埂。但是仔埂也是埂嘛,人家做的田埂毛毛糙糙还脏兮兮的,他又锤又扫打理出来的仔埂,就是美美地睡上一觉,背上也不带一点儿土沫灰尘。人家走散了反而更安静了,银锁就躺在田埂上看天看云,有时也看风。人家说风是看不见的,可是银锁却说不,他不仅能看到风,还能看到风从当年他们那个营盘里走过来的一路痕迹。这样看了几下,就仿佛看到了营盘的那个样子,就想起来要拉歌,因为这个时候的营盘里,距离午餐的时候不远了。

那样的午餐吃的是些啥,银锁倒是没什么印象。银锁想得更多的是饭前一支歌,每次他们班都赢了对手,赢得干净利落。那时候,银锁心情就特别好,他想:这以后要是有了儿女,也让他们这样,做什么都得图个干净利索。

两个姑娘,虽说没什么文化,但模样儿周正,脸蛋儿清爽。没有什么文化又怎么啦,现在的大城市大酒店,看中的就是这些二十岁擦边的农家小妹,那就是看脸蛋看腰身,还有的就是看身上的干净味儿。两个女儿从小干净惯了,从事休闲服务业正对客户的胃口,小小年纪嫩生生地进了城,如同刚上市的蔬菜,原生态的一掐都冒着汁水,清爽可口着呢。没过几年,两姐妹就比赛着往家里带钱,他们家竖起一幢楼房,如同吹口气一样的轻松。这时候,银锁就坐在落成的华厦前,这儿扫扫那儿抠抠一边还擦擦。铁头看见了,凑上来想问个道。他家的楼房,两个儿子没日没夜地打工,嘴上说了好几年,就是如同小屁孩的小鸡鸡,软塌塌的就是竖不起来。

银锁说:这有什么道道?你不是说过,干净,能当饭吃吗?

送你一缕春光

几绺山岚欲走的当儿,母亲的菜篮子已蘸着菜园里的几汪露珠进屋了。不一会儿,屋顶上举起了袅袅炊烟。尽管儿女们早早就飞出了山村,尤其是儿子在城里发达了,又是车又是房的,可他

们却嚷着要回家吃母亲炒的菜,那是记忆里的乡愁啊,还说了一大堆"绿色、环保、天然"之类的理由。这可愁坏了年迈的母亲。菜地里又有啥呢,只能勉强着凑些早餐的菜。特别是今年的草莓也没种好,要不然,儿子一回家,准要往菜园里钻个痛快。

说是这样说,母亲心里还是乐融融的。儿女们常回家看看,无非是怕母亲孤独。母亲呢,觉得自己还管点用,心里头也就不空落了。

那几抹薄若蝉翼的山岚渐行渐远了,儿子的车子还没个影子。女儿说:我们先吃吧,好不容易一个双休日,哥怕是睡过头了。

母亲像是没听到似的,眼光栖在门口的篮子把上。这一带用的篮子多是柳条儿编的,有的几十年来颜色都发黄发红了,照样结实着呢。这只篮子是母亲从娘家带过来的。早些年,母亲赶集回村,看到儿女们雏鹰般呢喃着蹦过来时,年轻的母亲心里头乐陶陶的,篮子里的零食分完了,山道上的这一家人,还满满地提着一路春光呢。

女儿有些饿了,嘀咕了一句。手机又拨不通,只好怪怪地问妈妈:哥是哪门子忙啊,这么重要的日子,还能忘了?

等到春光洒满屋顶的时候,山道上还没有儿子的车笛声。母亲依旧枯坐着,浑浊的眼眸直盯着村口那道弯弯的山径,硬是想在那里抠出儿子的车辙。

"哥哥肯定来吃中饭的。"女儿刚说一句,母亲的眼睛忽地亮了。那辆车子在山道上箭一般地过来,把一路春光也碰得碎碎的。

母亲怔住了,像是迷了眼似的。儿子捧着母亲的手:不是说过吗?

"妈妈老了,记不住了。"

"妈妈,祝你节日快乐!"儿子竟然也拎着一只篮子。篮子和家里的一个样儿,还盛着小半篮子新鲜的草莓,红红的铺着一片片春光。

"你说的母亲节,是个洋节,妈不在乎这个,能常回家看看就行。妈妈也不在乎你们带什么来。"

也没带什么,这点草莓,还是李妈妈送的,这次我给她送了点心意。儿子说的时候,就看见母亲脸上的笑纹一根根绽开了,似乎把这满山的春光也撑成一把七彩的伞:李妈妈还好吗?过几天也把她接来,咱老姊妹俩说说话儿。

女儿有点懵了:哥,哪儿冒出来这个李妈妈?

不是告诉过你吗?母亲嘀咕了一句,进屋收拾起了饭桌。

女儿忽然想起来了。有一天,哥哥拿来了一张晨报,念给母亲听的时候,母亲的眼泪湿润了。报上讲述的是邻县的一个"红色家庭"生存艰难的往事。李老妈妈一家,为了中国的解放事业,牺牲了好几位亲人。也就是在那天,母亲吩咐儿子说:你们日子好过了,要有感恩之心,以后可要多帮助李老妈妈。这不,她的生日好像也快了,等到了那天,我们一起去看看她……

德　平

一大早,太阳一出来,地上就像点了火。好不容易挨到黄昏那时段,德平挑了一副水桶,要去浇地里的辣椒。女人拦了:别撑

着,还以为是小年轻啊,五十半百的人了,别累倒了,没有人服侍你。

德平还是没有放弃,说:那就少挑点,多走几趟,胖胖不是说这几天回家吗?这一地的菜,全是农家肥沤出来的,城里哪里买得到?

知道是拦不住,女人就目送他出了门。唉,都快要抱孙子的人了,脾气还这么犟。满村里,有几个像你这样,上了岁数还在地里死抠死受的?

这年的夏天,地干得冒烟,一个村子也只有德平家的菜地里还有星星的绿。那几垄辣椒,可是老两口起早贪黑吭吱吭吱半条命才保下来的。村上早有人说道了,这个老德平,不就是几垄地的辣椒吗?撑死了值几个钱?

这人啊,还是有儿有女在身边好,这才是个家嘛。你看德平老两口,养个那么有出息的儿子,却一直在外面漂。

这日头,下山了还给地上留下这么多的烫气,一泼水润进地里,冒了烟一样滋溜一声就没了影,没怎么动,衫子湿了;光了膀子,汗一会儿也淌光了。正熬不过呢,一抬头,看见女人提着篮子过来了,嘴里咧开了笑,走起来一跳一跳的,说是要摘点辣椒,胖胖不是讲晚上回家吗?赶明儿进城,给他多带点去。

吊着的辣椒,青青红红的,看着心里就舒坦。这些天总有些菜贩子过来,德平也懒得理人家。有些日子,女人都挺不住了,生怕烂了些在地里。这么一采摘,还真有些老了快烂了,女人舍不得丢,一些不能吃的,挖了个坑埋了;采了一些还能吃的,尽管品相不大好,也炒了一大盘,给德平斟了些酒。就着那些新鲜的菜椒喝酒,一喝滋出一身的汗,爽呢。

城里的最后一班车过去了,还是没有胖胖。手机也一直没有人接,女人说,那就不等了,你先吃吧,家里还停了电,就着灯火先对付着吧。只是这辣椒,怕是搁放不住了,能等一会就一会,实在不行那就倒掉算了。

女人这就睡了,睡了一大觉才被门外的声音吵醒了,睁开眼睛一看,来电了,原来都到后半夜了,胖胖怎么到现在才回来?胖胖说,是在路上被几个同学拦住了,先喝了些酒,后又搓了一会儿麻将。

还就一会儿?一会儿有这么长吗?女人喊了几声,心有点慌了:怎么?你老子呢,晚上还在家里,喝了点酒,说等着你回来吃点炒辣椒。你在城里哪里能吃到这地道的农家菜呢。

母子俩就屋里屋外地找,这时,德平才吭出声,听声音是在屋外的厕所里,像是闹肚子。胖胖问:怎么?凉了肚子了,我这里正好带了药。

德平摆了摆手,那意思是说,儿子带的那种药不管用。他进了屋,又喝了一大碗水,说出来的话还有些不服输似的:不就是一碗辣椒么,人老了真是不中用了,满身辣得难受,就是拉不出来。

女人说:那点辣椒倒掉算了,有什么舍不得的?你是好多天没舍得吃,肠胃一时受不了。辣椒这东西,要经常吃,身子才能受得住。

胖胖听了,又看了一篮子红红紫紫的辣椒,有些云里雾里的:要我带这些到城里去,哪个稀罕呢?这要是让同学们看到了,还不丢死人了?

老　　胡

估计着公爹老胡这回可能真的离家出走了,小青这才感觉有些不妙,忙去打开柜子,果真那笔钱不在了。这笔卖粮的钱,刚去村部结的款子。

这个老不死的,这日子没法过了。

二虎一直不敢吭声,只一味地把小青往怀里拥,任她怎么哭着骂,只要动静不大就行,忍一时就一时。直到小青没劲了,这才劝她:省几句吧,爹这一辈子也不容易,都快入土的人了,就当给他办后事好了。

小青才不管呢。哪有这样的人?先前有病一直不吭声,怕花钱,用身子抵。直到上个月才查出来,是个绝症,还想瞒着家里。这不是让村人看我这个做儿媳的给逼走的吗?

谁敢说,再说爹这回可是拿了钱走的,反正医生说了,撑不了几个月的。二虎哭了,声音小得与小青还有些区别。

老胡搞鱼搞了一辈子,吃的苦齐腰深,都是为了二虎他们兄弟几个。老胡还能写一手漂亮的毛笔字,在村部做过几十年的老会计。那时二虎还小,记忆里就是家里再穷,爹也没敢动公家一个子儿,有时日子过得干巴了,就去外河里搞点鱼,后来给工作组堵住了,会计也给扒了。

一连几天,还是没有老胡的音讯。村人也想不通,说老胡都六十的人了,怎么临死前还拿走了家里的一笔钱?老胡这几个儿媳里面,就数小青贤惠。其他的几家日子过得狼狈,小青也只能算凑合。只是二虎是老幺,得养老人,这也是乡风。

眼看着春耕就要开场了,这节骨眼上就是借也张不开口啊,况且孩子正上着高中,四处漏钱呢。那天,二虎兄弟几个悄悄商议起老胡的后事,小青原来还准备撑一把劲,要办得体面些。谁知道公爹怎么能这样呢?人没了影,也不知道上哪儿找去。他要是这次不带走家里的那些钱,小青就是砸锅卖铁,也不会让村人们说啥的,怎么偏偏会这样?是老糊涂了还是病糊涂了……

油菜花落的时候,有信来了,村人眼尖,一认就是老胡的字迹。信上的字早就没了老胡当年的风骨,估计着那时写信的手已经在抖了。信上说,他已走到了长江的入海口,准备马上投身于滔滔江水之中,多少还能为鱼儿做点贡献,省得一把火烧了费电费钱还要搞个墓碑什么的不说,还污染呢。你们接到信之后,以后的清明节就对海边这个方向祭拜一下就行了。

信的结尾,说到了钱的事。老胡说,这次出门的路费,是他自个儿这些年攒的,村部还欠他三百多块呢。

二虎捧着信,当场就哭开了。小青哭了一半,猛然想起来什么似的,回屋又翻起了那只柜子,果然,那钱是在自己的那件大衣口袋里,手帕包着的,当时就没有想起来。这回,慢慢地抖落开来,一张也不少。小青这次哭得响了:二虎,你不是说要做个孝子吗?赶紧央人去找啊,到电视台到报纸上打广告去找,多少钱我都认了。

几个兄弟连忙止了:大妹子,难得你一片孝心。这信到咱村上都有几天了,大海没边没沿的,上哪儿去找?爹这是心疼钱也心疼我们呢,吃了一辈子苦不说,临走了还替我们着想了一回……

昌　来

　　人一老，就是朽木了，一点人情世故都顾不上了，怎么说变就变了样。秋香想了想，还是忍着没有发作，晾好衣服之后还生着闷气，坐在那里，静静地看着昌来。

　　七十多岁的昌来，拄着拐杖正往梨园这里摸来。昌来是个孤老，以前也曾有个家，后来遇到"共产风"之后，女人散了孩子也带走了。昌来从此就开始病了。这次病重之后也没地方可去，一有空儿就来梨园里坐着。

　　秋香家的西侧就是这个梨园。听人说，以前这里还是一片荒地，是昌来带着人垦荒种树之后，这些树儿才开花挂果的。那时，昌来还是队长。只是没些年，有一回梨花若雪时，梨园分到了各家各户。昌来当时那个心疼啊，有时在村外做木匠回来，总是要在这里歇下担子，望一眼再望一眼。

　　龙龙正想与昌来说什么，秋香看到昌来一手正捂着嘴，还有一手在比画着什么，直朝身后的方向指指点点着。龙龙像是没有听懂的样子。昌来跌跌撞撞地往那边走，碰落了一些梨花，随风儿直往龙龙那里飘去。有一袋烟的工夫，龙龙像是看懂了昌来的意思，一老一少就分开了，两个人像是捉迷藏似的，直到方位调换了，昌来这才坐下来直喘着粗气，呼哧呼哧地拉着风箱一般，微弱的声音加上连连摆起的手，在喊着秋香。

　　这一切，秋香看得清楚。本来，龙龙是个听话的好孩子，虽说读书不怎么开窍,只是这孩子在这梨园里,又能做出什么不好的事情来,大不了喜欢钻个林子罢了。秋香就坐在那里没动,昌来喊了几声,嘶哑而难听,猛然一个咳嗽,身体折腾了一阵子,这才吐出一口浓痰,又连忙抓了把土掩了。看见龙龙正要过来,昌来连连摆手也止不住,索性就举起了那根拐杖:你就站在那头别动,别过来。爷爷得了这个病,要传染的。

　　秋香的眼角有了泪。昌来老了,哪儿也去不了,就闷在小屋子里,除了偶尔进来的医生,谁也叫不开门,连邻居秋香的探望也不给面子,拒绝的口气很坚决,一声声地说得真情,让门外的人一次次地又想进去,又怕屋子里的老人真的一气之下就这么过去了。

　　昌来走得很快,村人把他埋在梨园里。有风的时候,龙龙就说又看见了昌来爷爷。龙龙说的时候,秋香总要过来摸一摸孩子的脸,看发烧了没有,后来又想了想,还是觉得请个驱鬼的法师过来,这才放心些。龙龙听说了,死活不让,尽哭,说:昌来爷爷是个好人,好人就是做了鬼,也不会害人的。

　　龙龙说的时候,梨花开得正灿,一阵风过,又有一层落下,如同飘了一阵春雪……

玉　　莲

　　乡下叫玉莲的女人,要是去派出所查一下户籍,怕是抓抓就有几大捧。只是村人没想到,冬狗子的奶奶也叫这个名字。几十年了,也没见有谁喊过呢。这次,是村人们在她娘家亲戚送来的花圈的挽联上,才知道她居然还有这样的一个名字。

玉莲是春上走的,73岁,正是应了"七十三,八十四,阎王不请自己去"这句的意思。去就去呗,然而临走时还没收到尾子,落了个手脚不干净的坏名声。唉,人老了,聪明一世糊涂一时呢。

其实,黑丫头家的那只漏勺子并不值几个钱,只是个铜的,看上去金晃晃的拿在手里也沉,哪里是金家伙?乡下人就是,有个风吹草动就七传八传玄乎起来了,黑丫头的丈夫在部队上,据说在什么烹饪大赛上得了一个"金勺奖",上了报纸电视的,闹出了不小的动静。唉,这部队上就是让人看不懂,奖个什么不好?她丈夫也是,探亲时就带回来了,说是一个什么结婚多少年的纪念礼物。人呐,一当兵就是奇怪了,送这样的一个玩意儿纪念?难怪黑丫头去河边洗菜时总爱带这个金货,恨不得逢人就说上一阵子。

所以,就发生了失窃的事。

一开始,有人说是季德平干的。家门口的鱼塘,谁还不知道深浅。季德平的娘家就是邻村,据说做姑娘时手脚就不大稳,最后能嫁过来,多少也是有个处理品的意思。要不然,她怎么嫁的男人一脸的闷头闷脑相?

自然的,黑丫头就寻思着到季德平的家里来寻,当然是悄悄的,顺带说话时,眼角的余光一个劲地转。女人们多是热心,人家丈夫在部队上千儿八里带来的纪念,于是就有人私底下套话季德平的两个孩子。大孩子用眼神暗示他的弟弟,可是没有反应,小孩子还是漏了些话,童言无忌哈。

季德平翻脸不认账,谁也拿她没有办法,你又没有拿人家一个现行?女人们就帮着出主意,黑丫头也就信了,许是骨子里有着对丈夫的思念吧？黑丫头哭喊起来的声音挺瘆人的，一手端着菜板一手提着菜刀，沿着村子走一步剁一刀再骂一句，不管脚步到了哪里，脸却冲着一个方向，一句句恶毒的诅咒，眼瞅着老天也给她叫得发了黑，一副六月天似雪非雪的冷。

季德平家门却是紧闭着，像是屋里没人，可有人分明看见厨房里正升腾着炊烟。

有人估计季德平是要反扑的，可一直也没有动静。直到有一天，这把勺子居然在冬狗子奶奶的屋子里重见天日了。一开始，冬狗子奶奶说，是在河边捡到的；后来又说是为治小孩子哭夜顺手摸过来的。虽说这是乡间的一个土方子，也挺管用，但是冬狗子都上了小学，还哭哪门子夜？

人们就这样指指点点的，没想到老人经不起折腾，说病就躺倒了，人还瘦得脱了形，晚辈们都变脸了，到老了还收不住手脚，这叫我们以后怎么活人呢？

眼瞅着这个叫玉莲的女人日子没剩多少天了，有一天，儿媳忽然发现，婆婆的床头多了一篮子营养补品。连问带哄的，老人就是不说，可那只篮子，儿媳想起来似曾相识，一声吆喝，子女们来了一大圈，围着拢着五花八门地问，说娘啊，你这是何苦呢，一世的名声，多不易啊；再说，你走了，我们还要背着黑锅呢。

这么七闹八喊的，老人突然坐了起来，说了一句：你们再这样，我死了也不会闭眼的。

没承想，这是老人的遗言，更没有想到，这也是老人的一次回光返照。

还没开春呢，老人走得很平静，后事也办得清淡。只是没想到下葬那天，季德平哭成了泪人，一口一声娘的，磕头把膝盖都砸出了血印子，一步一个血窝窝的，谁也拉不起来。村人都觉得这

事有点蹊跷:这一老一少的娘们,在村子里有这么些年了,没听说过她们还是母女两个呢?

其实,也只有死去的玉莲知道,季德平以前想嫁的就是那个会烧饭的当兵的,可是黑丫头她妈动了心,托人找了个能说会道的媒婆,硬是把这件事给说成了。

他们的媒人,就是冬狗子奶奶,这个叫玉莲的女人。

白　　春

白春多子,有一个还是乡长。

白春走得突然,在家送终的子女们一时惊呆了,一个个都忘了哭。村人们以为,在外忙于工作的乡长多少要顾及面子,没想到乡长回来哭得厉害。乡长问弟兄们:爹就没留下什么话来?

弟兄们都说没。乡长哭着说:不可能的,好好想想,总要留下一句半句的。

乡长的眼睛红了,身子倚在门口,砸着自己的脑门,自责自己好几个月没有回家了。乡长下派去了外县,一百多里的路,当时正在一个旮旯村子里蹲点,手机还没有信号。等到老家的人找去,这才匆匆地往家赶。乡长的心里糟透了,三春头上,来了场倒春寒,冰雹加雪籽的,把那些刚刚直腰的油菜薹砸断了不少。

看来今年减产是不可避免的,乡长是一路含着泪回到家的:爹啊,谁想到老天竟是这样,灭人呢。

白春的后事办得还行,要不是乡长撕了脸面地拦,场面还不知要铺多大。知情的人说：表面上看，是冲着乡长来的，其实可不是呢。

白春是老队长，解放后就是，一干就是好多年，要不是工作组下到村里，他真的快成终身制了。那时候，乡下人的日子刚有了些盼头，工作组来了，嫌上报的数字少了，白春与工作组吵得厉害，硬是挤走了原来的那个工作组长。新来的组长没过些天，找了个机会要撤白春的职，全村人听了都闹，工作组也不敢硬撤，找的借口一说出来，村人就炸了，说白春当队长这些年，清清白白的，你们这样说，不怕遭雷打吗？

那时候乡长还在读书，中餐带的是两个馒头和一小包咸菜，下午没上两节课，肚子叫得比讲台上的老师嗓子还要响，一下课飞一般地回家。家里也是稀的，碗里映照着一张菜色的脸，一喝呼呼作响——这哪里还是队长家的晚饭？

忙过去了，乡长的大姐这才想起父亲是留了东西，只是很不起眼，用红布包着的，一小块，软软的。乡长接过来，捏在手里，握得实实的。

亲戚们见是一块普通的海绵块，很是不解。乡长也没说，那块海绵块就放在办公桌上，看着它，乡长就想起来父亲说过，这是工作组里的一位小王赠送的。那时候，白春与小王常在田间地头，把这块海绵一次次地挤。小王是新分配的大学生，一边挤着一边流着眼泪。只是这个小王的情绪不大适合在工作组，上级调他回去时，这块海绵留了下来，赠送给了白春。

乡长闷在屋子里，半晌也没有出来。眼前的一份材料，党委会上过了，当初自己也没有什么异议，现在想来是不是？乡长盯着那份材料，字里行间似乎走出来了一个人，老是盯着自己，一张沧桑的古铜色老脸，乍一看有点像是爹。

那块海绵,乡长想了想,还是锁进了抽屉。乡长长叹了一声:爹,我怎么不知道你的心思?可是招商引资任务压着,要是完不成任务,全乡干部的工资都要受影响,再说我一个人也顶不住呢。

睡到后半夜,乡长还是醒了,醒得有点莫名其妙。老婆问他:又怎么啦?

乡长说:想去看一看爹,不知他在家里睡得踏实不?

老婆不高兴了,清明还早呢。

乡长说:不早了。乡长本想与老婆说一下那块海绵的事,想了想就是说了,怕也难得引起同感,于是,也就翻了个身,闭着眼睛挨到天明。

乡长的老婆是统计局的一个科员,有一次,说到统计数字水分的事,老婆嗔了他一眼:什么水分不水分的?你以为我不知道?可你说说,上级把话撂在那儿,我们这些做具体事务的,有什么办法?

吉　柄

吉柄的晚饭很简单,一小碗米饭,就着几块咸菜,就算是凑合着对付了。早先的时候,还有一两杯酒,后来老毛病上来了,不敢喝,一喝就锁住了一口气,一时半会儿呛得厉害。

碗一丢,吉柄就去了鱼塘。塘边上有现成的鱼钩,基本上也不收回来,村上也没有人弄他的。吉柄是个孤老,吃五保,本来安排在村部看门,可他不想去,说要给春宝看鱼塘,一个子儿也不要,说不要,是真的不要。他这个人晚上没什么瞌睡,只要一倒下身子,打个盹就醒了。

鱼饵也是现成的,地上翻起一块瓦片,就能找上几条蚯蚓。吉柄在塘边上放钩子,有时钓上来的一尾小鱼在岸上蹦跳着,他也不去捡,任那鱼儿三蹦两跳地滑进塘里,漾起的水纹儿,在夕阳下划出一个个渐渐放大的同心圆,惹得他眯着眼儿看得痴迷。

那是一口野塘,有些鱼儿在里面活得委屈,好在还有些活水流动。吉柄就想把这些鱼儿捞上来,换到春宝的那口塘里去,可这些也没有人弄。这野塘原来是大聋子承包的,后来两人闹毛了,这事也就一直搁在这里。

其实,吉柄也钓不上来几条,有些没长大的也就随手甩进了春宝承包的那口塘里,两处塘口背靠背的。小玉看见了,觉得吉柄这个老头子怪怪的,会不会以后找个借口赖上咱们。春宝就数落女人说,小心眼,他呀,到我们村里来,三十多个年头了,手脚干干净净的。这人呐,别的不说,就是有些棍气,是条汉子。

吉柄早年是外村的,快40了才过来招的亲。没年把吧,那个女人就抱病走了,还留下了前夫的两个娃。总算把这两个娃拉扯大了,吉柄不想拖累孩子,只好又出来单过了,决定的时候谁也说服不了。

年轻时吉柄就是个搞鱼的能手,后来上面刮来了一阵风,谁搞就割谁的尾巴,鱼塘统归集体,年底按工分分配,几个超支户往往分不到鱼。吉柄又有病,那年月又是个硬汉子,有的人家分鱼时甩过来几条小的,他也不要,统统扔进了鱼塘里。

春宝起塘的时候,吉柄更忙了,拎着一只小马灯,萤火虫似的游。吉柄人老了是不假,嗓门却是很大,一喊起来,半夜里如同打了个响雷,就是有偷鱼的,胆子也给他喊破了。

这一塘鱼卖了不少票子,小玉就要送些工钱过来,吉柄人老了,能余几个是几个。吉柄听说了,硬是不要,小玉不懂了,后来催问急了,吉柄这才说:我不能要,要不然,对不起春宝不说,也对不起大聋子。

一说,又是绕不开那件事,都陈芝麻烂谷子啦。小玉一听,想起来了,是为一条大鳜鱼的事。那还是春宝和大聋子承包鱼塘的头一年,起塘时,鱼儿堆放在生产队的仓库里,那天轮到吉柄看管。那一年鳜鱼起得不多,春宝和大聋子两人翻天覆地数了几遍,第二天清点时还是少了一条。大聋子怀疑春宝做了手脚,小玉知道后扑上来没头没脑地骂,这样一来,两个人以后再也没有全伙承包了。

只是没想到吉柄的那两个孩子还小,又是好几年没吃过鳜鱼了,要不是吉柄这回说出来,春宝这个黑锅不知要背到猴年马月。那年月,吉柄这条硬汉子,方圆几十里地可是出了名的。

人呀,一念之差也是难免有的。只是为什么要有呢?

春宝听了,对小玉说:不是这样的,吉柄人老了,脑子也迷糊了,哪有这样往自己的脑袋上扣屎盆子的?那条鳜鱼,真的是他拿走的,与队长一起喝了顿酒。

春宝说得极为肯定,小玉也就没再张扬。直到望着女人出了屋子,春宝才放心了些。其实,当时春宝也猜测到了,可就是一直不说破。因为他不止一次地看见过,吉柄这么一个穷酸汉子,拖儿带女那么一大家子人,那个年月过的又是一种什么日子哟。

红 裙 子

那一缕清清的月华,从天窗探进了身子,一直就栖在玉妹那粉色的帐顶之上。有风渗入,闹着玩似的,于是,那一处红红的亮点就飘曳起来,愈看愈像朵红裙子。

尽管傍晚时分,玉妹穿着那条刚买的红裙子,只一个旋,水根的眼睛就活泛了,仿佛一个猛子就要扎进来,可玉妹自己还是直叹气。

这当儿,身旁的水根就恼了:别心疼了,明儿就说,这条红裙子也值个两百多,村上的娘们又不懂网购,有几个是识货的?

水根又说:村上人谁会不信?你玉妹嫁过来这些年,是个撒谎的人吗?

也的确是,别说这个了,就是遇到个生人,说上一两句话脸都是烫烫的。玉妹笑了,纱帐里又像是旋开了一朵红裙子。

以后,小心点就是了,这么大个人,上趟街却把钱丢了,还不如美美呢。水根翻过身来:好几担稻子呢,粮食又卖不上价,多亏承包了这口鱼塘。

好在今年水根的鱼塘有点儿戏,水根就想起了那条红裙子。那条红裙子,纯羊毛的,村里的大凤穿过,打村里抖过一趟,云一般招摇,像是擦着水根的心尖上过去的,直痒痒。她大凤凭什么能穿,咱女人就不能?玉妹也是一副好身材,典型的衣服架子呢。

水根一直想给女人买条高档的裙子。头些年,刚结婚,家里

紧,没法子;过些年,家好了,又怕人家说闲话。现在想来,以前是穷怕了没出息,其实城里女人的嫩生,还不是用票子裱的?

可玉妹仅剩的钱买回来的那条,不过是大凤裙子价钱的一个零头。女人家,真是的,心疼个啥?不就是二百来块钱吗?用完了再赚就是。赶明儿,起了塘,给你们娘俩一人来一条红裙子,也不问价,就按最贵的拿,多大的事儿。

夜深,尚有零碎的蛙鸣。水根睡实了,可玉妹还醒着。毕竟是第一次蒙骗自己的丈夫,心里还慌得不行,长这么大,钱金贵得像命一样,怎么会丢?那笔钱来之不易,在街上走,一直还是揾得紧紧的呢。

玉妹是一瞬间改变主意的,刚进城那会儿,她意外地看见了一幅画,是为希望工程做宣传的那幅:一个失学的大眼睛女孩,那种期待的神情,真像自己的美美呢。玉妹看着看着,眼里头就有了一种涩涩的东西不听话了。玉妹就拿定了主意,想了想:咱就是不支援你家,也该为美美想一想吧。这学期美美她们班,尽收些五花八门的费用,好多兴趣班直接进校园里招生了。每次美美回家要钱,看水根那个心疼样儿,还总说女娃子不要读那么多书,学得好不如嫁得好……上次,为了买复习资料,水根这家伙憋了半天,才松了口。

天明,就把这钱给美美塞过去,无论如何,一定要让美美读书读出个头,一直读到北京读到国外才好呢。自己都一把年纪了,还打扮什么有意思吗?水根想在村里挣个臭面子,那是他们男人的事。人家大凤能穿得起,不就是仗着有一个多读了几年书考上大学在城里当了官的干部?咱美美将来一定会超过她的,到那时候,自己比穿什么高档的红裙子都美人呢。

宗　发

快到小张家门口时,宗发止住了步子:去了,能说些啥?头几回,说得已经够细的了,确实也够为难人家了。

想想,也就怏怏地回来了,扫兴得很。这事儿,也不能怪人家小张。小张在镇子上,也是个有本事的娃。要不然,生意能有今天这般红火?也不知这个绝活是从哪里学来的,真是奇了:画条河,上面就能跑船;眨只鸟,立马就不见了。

院子里空空的,孙子辈的都上学去了,只有儿子在家。知道父亲又要去坡上,儿子刚想说点什么,就见老人挎了只篮子出了门。毕竟是年过古稀的人了,娘又走得早,累惯了的身子闲下来就难受,乡下的老人呐。

院里头捡来的桐子果堆成了一座小山峰,实在是没地方存放了。

村子依山傍水的,坡上尽是些野生的油桐树。一开春,漫山的桐子花招摇成浮在云端的海。入秋时,那熟了的桐子果落得满坡皆是。早些年,这些果子挺值钱的,总见得有人去摇树,怕被风儿吹落在山沟里烂了可惜。树树连枝的,一摇一片果子雨,砸在背上咚咚直响,诸多汉子索性光着膀子坦然承受,龇牙咧嘴地叫喊着一山的快活。那青中泛黄黄中生红的果子,榨出来的桐油,刷了木器家具,年年色泽如新,经久耐用。只是到了后来,这类木器家具渐渐少了,河对岸的榨油厂也关门转产了。

没想到,去年除夕之前,来了几个收桐油的外地人。外地人找到了宗发,说是江苏人在海上行大船,多多益善。原来,是他们的船停在长江边上,遇到退潮,船只搁浅了,日晒雨淋的只有刷了些桐子油才好下水。好在宗发为他们解了急,人家送来的油钱他也不收。

那条绸带般弯绕的大河,在山脚下打了个弯,又一拐一拐地伸向远方。远方的风景,坐在桐子林里即可一览无余。今年夏天的河水涨得猛,到了秋天还是满河的浪。往年要是这时候,清风徐徐,白帆点点,可现在少有木帆船,全是一色的水泥船或是铁钵子,哇哇地在河面上叫嚣着直往前突,闹心得很。去年那会儿,江苏的船老大说了,这个秋天还要过来,说是谈妥了几笔生意,还让宗发多准备些桐子果,最好能榨出油来。

桐子果晒干了,剥去皮,仁儿一片洁白,这才好送到榨油厂。儿子说,算啦,油厂都停业了,再说家里也缺不了你这几个钱。

秋去了,水也退了,家里头是一大堆洁白的桐子仁。

只是那个船老大,莫非是怎么了?江里行船的,可别出了什么事啊。没多少日子下来,宗发像是老了许多,甚至对小张还来了气,有次说话的嗓门大得吓人:我小时候穷得吃不上饭,要不然还会上门求你?我哪里想起来要给人家拍个照片?我要是年轻个三十岁,我自己拜师去……

回来的路上,宗发心里添了些堵,想想还是自己过了:那几个江苏人,人家小张也没见过,任你怎么说,人家也画不出来呢。

只是那几个收桐油的,会不会来呢?唉,当时也没让人家留下个联系方式,要不,把人家喊来了,这些桐子仁一股脑地送给人家,一个子儿也不要。人家要是客气,就收一张画画的钱,请小张把那个撑船篙的女孩子画下来,要么,就请小张去人家船上一趟。

那个撑船女妹子望人的神态，还有那笑，活像是自己的女人刚嫁过来时的那个模样，一点也不走形。女人半路上走了，跟自己的这些年受了不少的罪，年纪轻轻的连一张相片也没留下来。当时，自己本想开口提这个事的，可想着刚与人家船老大认识，怕人家笑话也就没好意思开口，等过些年熟悉了才说这个事的……当时还以为，与人家说好的，他们年年都过来取桐油，这事还是不要过于急躁为好。

谁晓得呢？也不知道，人家江苏的那条大船还会回来不？还有的是，那个撑篙的女妹子，会不会嫁人了呢？

扶 正 记

郑副校长想把前面的那个"副"字立马儿抹掉的决心，是缘于这样一幅让人难堪的场景。

本来，老郑也不大计较什么"副"呀"正"呀的，都一把年纪了，又是在乡村的一所小学，还有什么奔头？偏偏他所在的这所学校的一把手校长姓傅，一些学生家长到校找校长时，一口一个傅校长地叫着，一时也闹不清找的到底是谁？有个家长倒好，明明找的是老郑，却开口说是"正校长"，结果到了傅校长那里，一时让人真的不好再说什么。

唉，想想中国的汉字真是复杂，单一个职务上的姓氏，就有什么郑呀傅呀贾呀戴呀向呀……搞得这些职务，一个个都让人考究一番似的。

一年之内要尽快把这个讨厌的"副"字去掉!

老郑所在的这所小学,也只有他与傅校长两个人是公办教师。只是老傅早他一年过来,况且乡村学校一向是清汤寡水,正副校长都没啥油水。老郑想:要是去掉那个字,多少也得干点名堂出来。

于是,老郑想到了,在扫盲培训这个特色班上,砸一锤子再说。

这个培训班是老郑牵头搞的。在他们这一带,农村里五十岁左右的妇人们,文盲可真不少。眼下,农村里光景不错,上头准备申报一个文明创建城市,于是就想到了这个招数,将妇女们每天在小学校里泡上个把小时集中学习扫盲。只是没想到的是,妇女们不认这个,她们有的是理由。

上头是不听这些理由的。这次,上头说了,要组织人员下乡检查。

对于检查,老郑倒不是害怕。村里挂了号的也就40多个待扫盲的妇女,以前的验收,那40多张卷子,都是由三四年级的学生们代做的,最后由老师用左手一一签上了她们的名字,居然也年年平安无事。可这回不行了,市教体局说了,要下来现场组织妇女们考试,电视台与报社还要带记者下来。

村主任说,卷子他可以想法子搞到,只是让这一帮娘们一坐下来,那可就露馅了;据说,上头还要看身份证对人,你就是说每个人来一趟发误工补助,她们也没几个会来的。

老郑急了,与其等候检查,不如主动出击,你只管说补助的事,只要把妇女们喊来就行了。

女人们心里还是爱钱,中午时分,稀稀拉拉地来了一些。老郑也极有耐心,把那些答案抄在黑板上,还一对一地辅导着。毕竟,这些卷子也不难,多是填空一类,女人们照葫芦画瓢做得也快,实在不会做的,只好由一旁的老师代理。

晚上的考试验收如期举行。来了不少乡镇干部,还有教体局的领导,以及几个扛着摄像机的记者。这边摄像机不停地闪着红灯,那边的妇女们在纸上像模像样地辛苦着,有一半妇人犹犹豫豫的,手上一直没有动静。检查的同志急了,老郑连忙解释着:乡下的女人没见过什么世面,多少也有点害羞不是?

卷子当场收上来之后,检查组还想抽几个妇女提问一下。老郑说,算了,让她们回去吧,多是留守妇女,家里还都有一摊子的家务事,要不,就看她们平时的作业吧?

这个主意好,等到妇女们一齐散了,作业本还没有找出来。原来,上锁的那个柜子,钥匙在胡老师那里,而胡老师的母亲病了,眼下他陪着进城看病去了。

于是,乡镇的领导也就过来圆场了:农村扫盲,能扫到这个地步,真的可以上电视了。老郑听了,脸上堆着笑,可心里又想起来了一件事:以后,说什么也要留下几个妇女,先培训一下,关键时刻要抵挡得住才是。

转过年快开春的时候,郑副校长这回可是抹掉了那个字,赴镇上的中心小学干一把手去了。接到任职命令的时候,傅校长过来了,说老郑你得请客。老郑笑了笑,想了想就答应了。人嘛,不就是图这一口气?傅校长说:临行前,还得麻烦你郑大校长一件事,也就是说,你这一走,以后上头要是来检查扫盲,我怕胡老师一个人顶不过去。上次为柜子钥匙的事,胡老师当场差点尿了裤子,我一个劲儿地向他使眼色都不行,好在县里检查的并不认识他。

那是,那是。老郑只得一边点头,一边看着一脸不自然的胡老师。很快,老郑的心里,有了一种异样的感觉。

醉人的笑容你有没有

栓子这个人,天生就爱唱歌。不管遇到了什么事,哪怕就是家里揭不开锅了,还照样哼着小曲调儿。

只是,栓子唱的是一些流行歌曲,一开始是什么流行就唱什么,渐渐地也就固定在那么几首歌子。村人劝他,你这样跟着电视唱,又没有自己的特色,再加上也没有拜名师,从小没怎么上过学又不懂谱,这样就是一辈子搭进去了,怕也是唱不出去。栓子也懒得理睬人家,照样我行我素地唱。栓子父亲那时得了大病,一听这歌声就气不打一处来,说要将这个不肖之子赶出家门。可栓子一点也没有收敛的意思,一方是父亲的呵斥,一方是栓子纵情的歌唱,就这么对抗着,到后来,父亲一气之下蹬了腿。

村人私下里都说,栓子唱歌克死了父母亲。

栓子一生下来,第一声啼哭嗓子就出奇地响亮。有人说,这是贵人天相,只是他一出生就没了母亲,老人们说,栓子命硬,这也是没有办法的事。

命硬的人也有命硬的好,栓子唱歌还唱回了个漂亮老婆。这个叫小翠的外地女人,是陈校长做的媒。没过些年,栓子生了个胖小子,还认了陈校长为干爹。

当了爹的栓子唱起歌来更加地肆无忌惮了,以至于家里养的那条叫阿黄的狗儿都冲他发着脾气。栓子也不恼,照样对着阿黄吼开了:

醉人的笑容你有没有,

远方的人向你挥挥手……

阿黄冲着他吼出了声,小翠也有点忍不住了,说:你还真的当你是大歌星孙浩啊,成天挣不来钱,你就是孙悟空,也闹不上天宫去。

这一阵子,栓子特迷恋歌星孙浩的歌,连学校里的学生听了,都觉得他太老土了,尽唱一些过气歌星的老歌。栓子一听,心里有了一头的火,好在遇到了陈校长。陈校长一听,就支了个招,帮栓子找了个事做,这样一来,小翠也就不再生气了。

不生气的小翠,出落得越发好看,虽说是生了孩子的人了,但小翠的岁数才二十出头,身段一点也没有走形。本来家里头也有些重体力活,栓子一时不在家,陈校长说了,只要一个电话,他就过来帮忙。谁让他给栓子找了那么远的一个活,一个星期也只能回来一趟。

栓子做的是下井的活,那个矿是陈校长的一个亲戚开的,就是远了些,要是一门心思钻到井下,多长日子也不便上来,自然挣得也多。栓子就没有计较了,只是做工的时候虽然苦闷了些,好在他有时间唱歌了,下井的时候唱,出来见天的时候也唱,有事没事的时候都唱……时间长了,工友们都有点离不开他的歌声了。

这样一来,栓子回家的次数就少了。有一次,快过节了,栓子摸黑进了家,刚一扯开嗓子,阿黄就扑了过来,没命地撕咬他。栓子急得都上了火,一夜都没有想通。第二天,陈校长来了,一声咳嗽,阿黄却大老远地迎了上去,摇头摆尾的样子,让栓子看了都觉得恶心。

小翠见到了陈校长,脸上堆满了笑。这一笑,脸上撑平了不少,红光满面的,让栓子都快要不认识了。小翠说:栓子,还愣着干什么？快去买点酒，我准备点菜，咱们请陈校长好好喝一杯。

看着陈校长与小翠谈笑风生，栓子客气了一下，提着空瓶子就往村口的小卖部走去。路上，遇到了几个年少时的玩伴，他们说：栓子，你可是赛歌星哈，怎么不唱了，再来一曲抖抖威风。

青山与小楼已不再有，

大雁飞过菊花插满头……

栓子一扯嗓子，边走边唱起来，声音还很响，嗡嗡的震人耳朵。

栓子就这么一路地唱了过去，在他的身后，那几个村人对他指指点点的，好在栓子也没有看见，更没有听见。有个人说：没看到栓子是流着泪在唱吗？别往人家伤口上撒盐了，栓子没爹没娘的，在外讨生活容易吗？当校长的这么明目张胆地吃人家的豆腐，也不怕上天报应？

毛 子 伯 伯

我还没有离家当兵的时候，也不知怎么的，有事没事的时候，总喜欢缠着村子里的毛子伯伯。

其实，我并不知道他的名字，只是跟着大人们一起这么喊着。听父亲说，这个老头是前些年一路乞讨着到了我们村上，后来就没有再往下走了，那时他也不过五十多岁的年纪。当时，村上的也叫不出他的名字，尽管他自己一直也没有说起过，村人只是看到他满脸的络腮胡子毛毛糙糙的，于是男女老少就这么叫开了。

平日里毛子伯伯沉默寡言，只是到了夏天的夜晚才有了些不大安静。原来,毛子伯伯家在陕北,也就是盛产信天游兰花花什么的故乡,这要是不让他开口唱上几出,多少也显得不大人道。你想啊,夏夜河堤上,长长的一溜烟的竹床排将过去,劳累了一天的人们,这些异乡谈情说爱的歌子,多少也能派上用场。

然而,村人之所以真正留他在这里长驻,是因为毛子伯伯有一手磨刀的绝活。于是,给村里看管鱼塘,农闲时再磨起镰刀,的确是一件为他量体裁衣定做的差事。毕竟,我家乡地处江南,农忙时与天气抢收抢种时,哪里离得开手里的一把快刀呢。

出来当兵有些年头了,上次的一次军区笔会,无意中说起了毛子伯伯与他那些好听的民歌,军区文化站的一位干事知道之后,特地批了我几天假,说是一种拯救性的搜集,弄不好就能申报一个非物质文化遗产什么的。

毛子伯伯所居住的鱼棚,就在我早年上学的路上。那时,村里就我一个人去山外的中学走读,有时雨雪,在他那里停歇是常有的事,因此也不止一次吃过他烤的山芋土豆还有花生什么的吃食。他烤山芋的本事与磨刀一样,后来我捉摸出来了,估计这与他作业时哼着那些好听的小调有关。只是后来,父亲不让我去了,说他有痨病,弄不好是要传染的。

后来,山外的那种农村中学停办了,我也就辍学回家,时常与一些少男少女们在鱼塘边放牛。鱼塘的堤坝很宽,草也很厚,热天时还能跳进塘里,一个猛子扎出头来,总能看见毛子伯伯一脸傻笑的样子,嘴巴咧得很开。我们几个就钻进他的那个鱼棚换衣服,那时就看到了他的枕头上缝了一块红色的布头子,很破旧的样子。

父亲说,毛子伯伯是出来找儿子的,他女人带着年幼的儿子,跟一个手艺人跑了。

日子渐渐缓和了,机械化的步子越来越快,磨刀这样的事也是可做可不做了,因而村人们也很少再谈及他,只是每年年关之时,生产队长一声吆喝,由村会计上门,各家各户拨点粮食供他度日。村人对他出于同情,后来,因为一场洪灾,全村人都在排队领救济粮呢,他倒好,一个人在山上叽里呱啦地唱了一通,声腔有点像是小寡妇哭坟的那种,听懂的人都知道那是诅咒乡长书记什么的。村人就有些不高兴了,尽管这场洪灾有乡干部玩忽职守的原因,好歹人家乡里的干部还不是瞒着上面多报了损失数字,我们这里的救济粮要比邻乡多出许多呢。

也就是那年,父亲托人让我当了兵,临别时,毛子伯伯居然唠叨个没完,还想教我唱那些有点难听的歌子。父亲果断地拒绝了他,尽管他后来一把鼻涕一把泪的。

可我再也找不到那间小鱼棚了。承包鱼塘的换成了我的父亲,三句话还没说完,父亲就连忙下网捕鱼,一边还盘算着这些年的收成。

可是,我的毛子伯伯呢?

他死了。父亲似乎有些轻描淡写的口吻。父亲说,这个老头就是嫌烦。临死前的那个晚上,居然哼唱了半宿。当时正值隆冬腊月,人们还以为他外出赌钱时赢了几把,直到翌日中午,才发现他硬在床上,床下还有几把磨得锋利的镰刀。于是,村人又是每户摊了些钱,一阵锣鼓家伙送他上了山,也算交了一桩差事。

可是,你为什么不写信告诉我?我有些恼了,心里想着不知如何向李干事交差。

这事,有啥说头?父亲低头刮着鱼鳞,半晌才抬起头来,有点不认识地看着我,脸上的表情让我一时也读不出个春夏秋冬。我费神地想了想,那里的内容还是不读便罢,要不然,也应该是让人好一阵子委屈的东西……